主编 凌翔

后山村的水根

蒋坤元 著

陕西新华出版传媒集团
太白文艺出版社·西安

图书在版编目（CIP）数据

后山村的水根 / 蒋坤元著. -- 西安 ： 太白文艺出
版社,2022.1
　　ISBN 978-7-5513-2130-3

　　Ⅰ．①后…　Ⅱ．①蒋…　Ⅲ．①长篇小说－中国－当代
Ⅳ．①I247.5

中国版本图书馆CIP数据核字(2022)第016783号

后山村的水根
HOUSHANCUN DE SHUIGEN

作　　者	蒋坤元
责任编辑	史　婷　黄　洁
封面设计	陈　姝
出版发行	陕西新华出版传媒集团 太白文艺出版社
经　　销	新华书店
印　　刷	涿州军迪印刷有限公司
开　　本	710mm×1000mm　1/16
字　　数	160 千字
印　　张	13.5
版　　次	2022 年 1 月第 1 版
印　　次	2022 年 1 月第 1 次印刷
书　　号	ISBN 978-7-5513-2130-3
定　　价	67.80 元

水根是大队农技员。

这天水根正在稻田里指导其他农民治理稻飞虱。

水根手里捉着一只稻飞虱，他觉得那东西有点像蝴蝶，可蝴蝶是美丽的，稻飞虱却是有害的。

水根说："稻飞虱在水稻中下部的叶鞘和茎秆上吸食、产卵，它将针状的刺吸式口器插入水稻植株中吸食汁液。受害稻株茎秆上会出现很多黑色或褐色斑点，叶尖褪绿变黄，加剧了纹枯病的发生。"

有人问："怎么对付稻飞虱呢？"

水根说："当然用药水啊！"

说着，他掐死了那只稻飞虱，随手丢在旁边的水沟里。接着，他拿起旁边的一瓶农药，说："这是80%敌敌畏，常规喷雾每亩用水量不得少于五十千克。关键是农药兑水比例一定要准确，不然有的水稻淋到的药量不够的话，治理稻飞虱的效果就不会很好。"

他说得头头是道。

有人说："如何配药水，你做个样子给我们看一看啊！"

水根说："好的，我再说一遍，如果这个农药兑水比例不准的话，不仅稻飞虱死不了，而且水稻还会枯死的。这个大家不能掉以轻心，一定要认真，认真，再认真。"

有人递给水根一只药水桶。

他将敌敌畏倒满一瓶盖，然后去水沟里舀水。"一只药水桶倒一瓶盖敌敌畏，然后找一个小木棍搅拌一下，就可以直接去稻田里喷雾了。"水根说。

有人说："你把药水桶给我，我去稻田里喷雾。"

水根说："好的。药水桶在背上不要晃动，敌敌畏毒性比较大，一定要注意尽量不要让药水直接接触自己皮肤。"

然而，那个人刚入稻田，一脚踩在稻田烂泥上，他一个趔趄，背上的药水桶被打翻了。

旁边有人走上去拉他。

那人的衣服都湿了。

水根说："你马上到水沟里洗下身子。"

那人说："以前我也打翻过药水桶，不会有什么事情的。"

水根说："我给你说，大问题是没有，你一时也感觉不出身体有啥不适，但对你皮肤伤害很大，无形之中把你的皮肤细胞伤害了，信不信由你。"

旁边人也劝道："水根是农技员，他的话你我都要听。不听农技员的，吃亏在眼前嘛。"

那人缄默了，脱下衣服，光着身子跳到水沟里。

这时，远处有两个女人正走过来。

有人对那人说："有女人来了，你快穿上衣服。"

那人说："我在水沟里，她们只看得见我上半身，又看不见我下半身。"

水根笑道："水稻下边部位稻飞虱最严重，需要好好治……"

众人捧腹大笑。

正走过来的两个女人，一个是大队妇女主任石小兰，还有一个是赤脚医生，她俩也是在路上遇见的。石小兰是来田头找水根的。

那个人看见两个女人走近了，从水沟里慌慌张张地爬上来，拿过裤子就狂奔起来。

看着他的光屁股，两个女人驻足不前，大家大笑起来。

水根认出了石小兰，说："是大队石主任呀。"

石小兰也看到了水根，她向水根招手。

水根便向她们走过去。

水根先开腔："石主任，你怎么来这里了？"

石小兰说："我特地来找你的。刚才那个光屁股奔跑的男人是不是有神经病呀？"

水根说："你说得对，是一个神经病。"

赤脚医生说："这附近好像没有神经病呀。"

水根笑了，说："我说笑话呢，逗你们呢。那个光屁股的不是神经病，他刚才喷农药把衣服搞湿了，所以跳到水沟里洗一下，不想你们出现了，被你们看见光屁股不好意思了呀。"

石小兰说："他是金屁股啊，这么金贵！"

赤脚医生说："每天我都要看十几个光屁股的，早已见怪不怪了。"说完，她背着药箱先走了。

这时，那个光屁股男人穿好裤子回来了。

水根笑着说："你不用逃，石主任是过来人，男人屁股见得多。"

石小兰脸板着，纠正道："水根，你不要瞎讲。我只看过一个男人的屁股，这个男人就是我丈夫，别的男人的屁股我可一个也没看见过，不能瞎讲的，倘若传出去对我的影响不好。"

水根说："你也太严肃了，我与你开个玩笑不行吗？"

石小兰说："对了，我特地来找你，大队老张书记叫你去大队部。"

水根说："我在田头指导治虫，他叫我有啥事情？"

石小兰说："具体啥事情，老张书记没对我说，你现在就跟我去大队部吧。"

水根说："我知道了。你先回大队部，我还要到十二队去一下，他们还在等我呢！"

石小兰说："你真是个好农技员，倘若评劳动模范，我投你一票。那我先走了，你记得去大队部找老张书记啊。"说完，她转身走了。

水根与田头的几个农民交代了几句，就急匆匆地向十二队走去。

水根想：老张书记找我有什么事情呢？

正思索着便来到了十二队的田头，只见有七八个人正等在那里。

水根对他们说："我指导一下农药配比就得走，老张书记托人叫我去。"

他们说："那你要好好指导我们，你是治虫专家，我们都是大老粗，两碗饭吃得下，怎么治虫却一点也搞不懂。"

水根详细地将农药兑水比例讲了一遍。

水根走到大队部，老张书记手提一只公文包正要走。老张书记说："水根，你刚到吗？我已经等你很久了，现在我要去公社一趟，这样吧，明天上午你有没有时间，我想与你扯扯大队工业的情况？"

老张书记说"工业的情况"，水根以为他说错话了，连忙纠正道："应该是农业的情况吧。"

老张书记说："是工业的情况。"

水根说："我对农业还算内行，对工业一窍不通啊。"

老张书记说："其实，工业和农业一样，触类旁通。"

他又抬手看了一下手表，说："时间来不及了，明天 7 点半上班，你上班时不要去田头，直接到大队部我的会议室。"

水根说："明天上午十三队、十四队还等我去田头指导治虫呢。"

老张书记说："水稻治虫这个事情也不能耽搁，特别是这个稻飞虱，生长得快，所以治虫要及时跟上，不能拖延。我对农业也是懂一点儿的，当然了，没你懂得多。"

水根说："我上午晚一点儿过来可以吗？"

老张书记又看了一下手表说："也好，中午你到大队食堂吃饭，我们边吃边聊。"

水根说："有我的饭吗？"平常水根都回家吃饭，还没有在大队部吃过一顿饭。

老张书记说："你一个人的饭总归是有的。如果没有你的饭，我把我的那份让给你。"

水根说："那你吃什么呢？"

老张书记笑笑，说："我也吃饭啊，好吧，明天再聊。正好，关于如何办好大队工业，今天我去听听公社领导什么态度，明天我们拉扯的时候也有的放矢。"说完，老张书记转身就向河边走去，那里停的一只机挂船早已发动。

老张书记跳上机挂船，对机挂手说："到公社，速度快点。"

机挂手说："你到船舱里坐好，我来加大马力。"他说话的声音很响，因为机挂船马达发出的声音也很响。

水根也来到河边，看着机挂船渐行渐远，他的心情就像河水泛起的浪花一样很不平静。他正在琢磨老张书记想与他谈"工业的情况"是什么意思。水根一时也想不出来，现在他对大队工业的问题一点儿也不关心，他放在心上的是农业生产，特别是现在稻飞虱猖獗，一定要把这批害虫消灭干净。

其他大队干部知不知道这件事情呢？想到这儿，水根想随便找一个大队干部打探一下消息。

这时水根看到大队长的办公室门开着，便想找大队长丁大也问问。水根想，大队长丁大也是大队第二号有实权的人物，他应该也知道"工业的情况"这件事情吧。

然而，办公室空无一人。他站在门口叫了几声"丁大队长"，他的叫声被妇女主任石小兰听到了。不知道她从哪里走出来，对水根说："你找他有什么事？"

水根说："我有事想问问他。"

石小兰说："刚才我看见过他，应该在大队部呀。"

水根说："那他会在哪里呢？"

石小兰说："你到他办公室等吧，或许他去厕所了。"

石小兰便拉水根往办公室走，并说："你要问他什么事？"

水根觉得今天石小兰好像热情得有点过头了，不知道她葫芦里卖的是什么药。

水根说："老张书记说要与我聊聊'工业的情况'，这个事情你知道吧。不过我是抓农业的，所以我脑子一时转不过弯来，就想找大队长打探一下有关情况。"

石小兰说："你是大队里的能人，这是老张书记看得起你呀！"

水根说："我哪是能人呀，除了会种田，其他都不在行啊。像你男人还会罱河泥，我都没有罱河泥的力气。"

石小兰笑一笑，说："他呀，就会做这种笨活，若要他做动脑筋的活，他就是一根烂木头了。"

说着，石小兰把水根带到了丁大也的办公室里。

石小兰对水根说："你在这里等他吧，我就不陪你了。我手头有些事情要处理。"

水根说："好的，你去忙。"

石小兰笑了一下，转身走了出去。

她以极快的速度回到她的办公室。此时丁大也就在石小兰的办公室一个书柜的背后。

石小兰说："老丁，你快点出去。水根在你办公室等你。"

"这个赤佬等我做什么呀？"丁大也一边说，一边向门外走去。

丁大也走出去了。石小兰一颗悬着的心落地了。她拍拍胸脯，心想：哎哟，紧张死了，万一被水根看见，我和丁大也那个事就被拆穿了，后果不可想象啊！还好老天保佑，没有被水根发现，真是谢天谢地啊！

原来石小兰和丁大也在偷情。

当然，"捉贼要赃，捉奸要双"，没有捉住他俩，就不能确定他俩是否真的有奸情。反正水根的出现把他们的"白日梦"打碎了。

只见丁大也背着双手，大模大样地走到办公室。他看到水根，假装很吃惊地说："你不在田头，到我这里来做啥？"

水根说："老张书记找我来的，可我与他才讲了几句话，他就急着去公社开会了。"

丁大也说："老张书记这个人你还不清楚吗？他做事情就喜欢这样，随心所欲，没有一点儿规划性，成事不足，败事有余，我吃足了他的苦头。"

水根说："啊？你吃着什么苦头了？"

丁大也说："与你讲有什么用？我问你，你来我办公室想做啥？"

水根说："老张书记说找我谈谈'工业的事情'，今天来不及谈了，他叫我明天午饭时过来。我想先问问你，这个'工业的事情'究竟是什么事情呢？"

丁大也朝他一瞪眼，说："他要搞'工业的事情'，这与你农技员有什么关系呢？"

水根说："是啊，我也想不出与我有什么关系，所以就想问问你。"

丁大也说："我不晓得，你不要问我。"

水根并不知道，正是因为他的出现，搅和了丁大也与石小兰的苟合之事，所以丁大也对他态度不好。

水根感觉到了丁大也的不耐烦，识趣地说："你不知道，那我就不问了，我现在就走。"

丁大也说："你不要胡思乱想，好好做好农技员，年底我上报公社，评你为'先进个人'。"

水根说："我工作没做好，'先进个人'你上报别人吧！"

丁大也说："要你上山，你不上山，我看你是猪头三。"

"呵，既然你说我是猪头三，你是领导，那你就是一只猪头。"水根不留情面地回敬道，闷闷不乐地走了。

丁大也走出办公室，向四周望了望，又飞快地来到了石小兰的办公室，只见石小兰正坐着看报纸。

丁大也说："水根这个赤佬走了，他眼皮拎不清，问话没完没了，我没给他一个好面孔。"

石小兰说："他真的走了？"

丁大也说："我看见他走了。"

他一边说，一边抱住了石小兰。

石小兰不愿意，她说："大白天的，不要这样。"

丁大也说："没事的，现在大队部没有其他人。"

石小兰说："万一有其他人来呢？"

丁大也说："那我关上门，谁来都不怕。"

石小兰说："不要这样，来日方长。"

丁大也说："可我好想啊，来吧！"

石小兰说："不行，万一被人看见，你撤职是小事，我会被老公打死的，你知道吗？"

对了，水根姓林。他的妻子也姓林，叫阿红。她在生产队务农，还在家饲养了一头老母猪。别人家都饲养肉猪，她却饲养老母猪，因为她觉得饲养老母猪收益大，出售一窝小猪远胜于出售两头肉猪，可见她是一个蛮会算经济账的女人。

傍晚时分，水根回到家。

阿红说："听人家说今早你去大队部啦，有什么事情吗？"

水根说："老张书记找我谈'工业的情况'，结果与他没说上几句话，他就坐机挂船去公社开会了。"

阿红说："他找你谈什么情况？"

水根说："'工业的情况'。"

阿红说："你是农技员，找你谈'工业的情况'，有点牛头不对马嘴。"

水根说："是啊，我去找丁大也，他也不清楚。不过丁大也这个人，我觉得他没有老张书记正大光明，讲话有点阴阳怪气。"

阿红说："他是大队长，一个实权人物。我们小老百姓不要去得罪他。"

水根说："谁会去得罪他呢？"

按照往常，水根一到家，就会淘米做晚饭，但今天他却一动不动地站着。阿红就问他："你在想啥呢？"

水根说："老张书记让我明天去大队部吃午饭，顺便与我说说那个'工业的情况'。"

阿红眼睛一亮，说："是不是他想调动你的工作啊？叫你负责抓工业生产呢？"

水根恍然大悟，说："对了，我想起来了，上次老张书记问我在上海有没有亲戚，我告诉他有的，有一位上海亲戚是区里经济工作委员会的领导，有一定的实权，不过咱与人家很少交往。"

阿红说："你这么说了，老张书记却记在心里了，我想他一定是让你去找上海的亲戚办事。"

这下水根有点后悔，责怪自己不应该对老张书记透露上海亲戚的情况。

阿红想了想，对水根说："这应该不是一件坏事。"

水根抬起头，盯着她说："你说个道理给我听听。"

阿红说："你做农技员好多年了，做大队干部没有你的份儿，论收入你与生产队的男同志差不多。如果真像老张书记所说，让你抓工业，或者叫你办厂，我看你赚钱的机会来了。"

水根点头说："你分析得有道理。"

阿红说："怪不得这几天我左眼皮一直跳，老话说得好：'左眼跳，好事到。'你转大运的机会来了。"

水根说："但我担心我不懂工业啊。"

阿红说："不懂可以学，谁生下来就懂数理化，还不是从小学生学到大学生的吗？"

水根和阿红是一个村庄长大的，水根初中毕业，而阿红只读了两年书，因为家里穷，她的父母要让她的弟弟读书，不让她读书，为此事她当时都哭红了眼睛。

阿红曾谈过对象。媒人介绍她与一个当兵的谈恋爱，但她文化低，不会写信，结果不到一年时间，双方都觉得不合适，就分手了。

水根说："阿红，你是谈过恋爱的人，而我没有谈过恋爱，你是我的初恋。"

阿红说："我谈过恋爱是没错，但我与他手都没有牵过，这算哪门子恋爱呢？"

水根说："就算我是你的初恋吧。"

两人育有一子一女。阿红说，要让他们好好读书，让他们读大学，没有文化是不会有大出息的。两个孩子有福同享，有难同当。

这天夜里，水根翻来覆去睡不着。

阿红说："你抱着我睡吧。"

水根说："那更加睡不着了。"

"那不睡觉，明天会没有力气的。"

"明天我不是要找老张书记说'工业的情况'吗？"

"对了，明天你有时间吗？我想叫你做一件事。"

"什么事？"

"老母猪发情了，要找一只公猪配种。"

"你怎么知道老母猪发情了呢？"

"你傻乎乎的，平常老母猪都很平静，但这几天它上蹿下跳，一看就是发情了。"

"老母猪也想情人？"

“对的，你明天有空去找一个情人给它。”

“上午我要去十三队和十四队指导治虫，中午去大队与老张书记碰头，还不知道什么时间结束。”

“那你下午有空吧？那时去找牵猪郎配种。”

“这种事情你自己去叫牵猪郎吧。”

“我不去叫，你让一个女人去做这种事情，太丢人现眼了。”阿红说，“就算叫牵猪郎过来了，如果母猪不听话，还得有人拉住它的耳朵，我又拉不动。”

水根说：“一定要明天给母猪配种吗？”

阿红说：“最好明天就给母猪配种，不能再等了。”

水根说：“牵猪郎老头在三队，明天我去三队叫他一声，让他晚上过来，白天我不一定有空，加上这阵子治虫紧张，我也脱不开身，晚上肯定有时间。”

阿红说：“那也行。”

老张书记给水根带来了一个振奋的消息。他对水根说：“现在县委号召要大办工业，要改变农村贫困落后的面貌。不仅农业生产要搞上去，多种经营也要搞上去，还要大力搞工业生产，现在公社党委也号召，要让能人出来办厂，各显神通。我在整个大队摸了一下底，觉得你是能人，你适合出来办厂！”

水根说：“啊，我怎么是能人呢？”

老张书记说：“你有上海亲戚，又有初中文化，还是大队农技员，这些条件加起来，可以说你就是咱大队的一个能人。”

水根说：“隔行如隔山。我对农业还可以，对工业却是一窍不通。”

老张书记说："摸着石头过河，你行的。"

水根说："那叫我抓大队工业吗？"

老张书记说："抓大队工业有大队长负责，你负责办一个厂，这是我的考虑。今天我想听听你的想法。"

水根说："我天天在稻田里转，能有什么想法呢？"

老张书记说："实话对你说吧，大队想办一个洋钉厂。大队长想叫他的外甥做厂长，但我不同意。他的外甥一个字不识，像这种没有文化的人做工人都不行，怎么可以做厂长呢？"

水根问："大队长的外甥是不是叫王大男？"

老张书记说："好像是的。"

水根说："老张书记，这个人手脚还不太干净，上次我把稻种寄存在他家，被他私自拿走了二十斤，我对他说，我用稻谷换稻种，让他把稻种拿出来。他不仅一粒稻种没拿，还扬起拳头要打我。"

老张书记说："那这个人素质真差，根本不可能让他做厂长。"

水根说："洋钉厂是不是做铁钉啊？"

老张书记说："是的，洋钉就是铁钉。我想，农户造房子要洋钉，工厂钉包装箱要洋钉，做大大小小的家具要洋钉。这个洋钉到处都需要，所以生产洋钉销路应该不成问题。"

水根说："啊，这个有点巧，上次我去上海亲戚家，他送给我一包洋钉。我估计他手下就有洋钉厂。"

老张书记说："无巧不成书啊。等这次治虫结束，你最好去一趟上海，看看人家是怎样生产洋钉的，把这个生产洋钉的技术学到手。"

水根说："那我农技员的活儿怎么办？"

老张书记手一挥，说："这个事我让大队长去负责，从此你改行，你就一门心思办厂吧。"

老张书记真的要水根办洋钉厂，这可是向阳大队的第一家工厂啊！整个大队部有十间平房，老张书记将房间全部腾出来，让给了洋钉厂，而大队部搬到了一所废弃的小学校里。

就这样，水根走马上任了。

在这之前，水根和老张书记坐火车去了一趟上海，那位在上海某区当领导的亲戚安排他们去参观了一家制钉厂。因为是领导的特别安排，制钉厂孙厂长亲自接待了水根他们。

孙厂长说："你们铁钉一年用量多少？"

孙厂长以为水根和老张书记是采购铁钉的客户。其实不然，他们是"侦察兵"，来刺探使用什么机器设备及如何生产铁钉的。

老张书记说："应该需要三四吨。"

还是水根反应快，说："不止这个数量的，几十吨洋钉是要的。"他还是喜欢将铁钉叫成洋钉。

孙厂长纠正道："洋钉，像我这个年纪都知道是铁钉，但年纪轻的可能不知道洋钉就是铁钉，所以以后书面上还是需要统一，称为铁钉，而不能说洋钉。"

老张书记说："受教了，听君一席话，胜读十年书。"

虽然水根和老张书记都穿着中山装，可一眼就能看出是庄稼汉。孙厂长压根儿不会想到眼前这两位庄稼汉却是"探子"，是前来"偷窥"生产技术的。

现在，水根和老张书记跟着孙厂长来到了制钉车间。孙厂长说："我们共有十二台制钉机，现在只有十台机器在生产，剩下的机器都在保养阶段。"

水根问："这个机器是哪里生产的？"

孙厂长走到制钉机前面，指着机器上的标牌说："这个上面有生产厂家。"

水根一个箭步走过去，看了那块标牌一眼，就把生产制钉机的厂家记在脑子里了。他有这个过目不忘的本事，还得益于他做了多年大队农技员的缘故，没有一点农业专业知识，那是无法胜任农技员这个岗位的。

水根问："这个车间有技工吗？"

孙厂长说："有技工的。目前我厂里留用了一位退休技工，相对而言，付他的报酬可以少些。不过铁钉大多销售给建筑工地，所以铁钉质量要过得去才行。"

水根说："那这个机器如果坏了，谁来修呢？"

孙厂长说："小毛病让那位退休技工修理，大毛病则通知机器生产厂家上门修理。"

孙厂长的介绍，让水根收获很大，也给了老张书记一个灵感。

灵感是什么呢？

老张书记说："看来厂名应该重新起了，原来想叫向阳洋钉厂，现在听了孙厂长的话，应该叫向阳制钉厂比较好。"

水根说："向阳，是我们大队的名字，不够大，厂名应该叫得气派点。"

老张书记说："那你说应该叫什么呢？"

水根说："让我好好想一想。"

水根思索了一会儿，对老张书记说："我们大队叫向阳，一心向着红太阳，是这个意思吧？"

老张书记说："应该是这个意思，这个大队名字沿用合作社的名字，起这个名字的人已经不在人世了。"

水根说："这个制钉厂是我们向阳大队的第一家工厂，以后制钉厂肯定会不断发展壮大，所以我想还是叫阳光制钉厂吧，就像一缕阳光普照大地，给我们向阳大队带来一片光明、一片温暖。"

老张书记拍掌说："阳光制钉厂，这个厂名好，就起这个名。"

两人从上海那家制钉厂出来，一边走一边说，都非常兴奋。因为时间已晚，火车票买不着了，所以两人打算住在上海，第二天一早再赶回苏州。

老张书记喜形于色地说："我们先找个饭店吃晚饭，然后再找宾馆住宿。今天我请客，点几个菜，喝一盅小酒，庆贺一下我们上海之行圆满成功！"

水根说："不喝酒了吧，随便吃一点就可以了。"

老张书记说："我们难得一块儿出门的，今天我们一定要喝一盅，我的心情非常愉快。"

水根说："平时我都不喝酒的，要不这样，你喝酒，我喝茶陪你。"

老张书记说："你少喝一点酒总可以吧？"

水根说："我真不能喝酒。"

老张书记说："好吧，你不喝酒，我也不喝了。"

水根说："现在我们白手起家，手上也没有钱，要精打细算，所以一分钱要掰成两半花。"

老张书记说："你这话中听，干革命工作就要勤俭节约，就要努力开拓！"

水根说："上海面条和苏州面条一样好吃，我们就来一碗面条如何？"

老张书记说："既然你不喝酒，那吃面条也行。"

于是，两人开始寻找面馆。两人走了很多路才找到一家面馆。

老张书记问道："我来一碗排骨面，你吃什么面？"

水根说："我来一碗荷包蛋面吧。"

这天夜里，水根和老张书记为了寻找旅馆费了很多周折。上海是大城市，到处是高档宾馆，要找一家小旅馆真不容易。两人不知道跑了多少街道，就是没有他们想找的旅馆。

水根说："干脆我们直接到火车站，可以在候车室休息的。"

老张书记说："那可不行，你是为大队办厂，住宿费大队来报销，还是要找旅馆睡觉的。"

水根说："可是我对上海不熟悉，不知道哪里有小旅馆。"

老张书记说："那好，我们再找找，实在找不到小旅馆，那就住宾馆。"

水根说："老张书记，你脚不酸吧？"

老张书记跺了一下脚，笑着说："没感觉脚酸。走路，我倒是习惯的。公社组织下乡参观，有时一天走二三十公里的路，大家形容是走二万五千里长征。"

水根说："那我们走，上海这么大，总有我们能住的旅馆。"

水根在前面走，老张书记跟在后面，他俩一个看左边，一个看右边，都在寻找旅馆。

"老张书记，你看前面有地下旅馆。"水根指着不远处"地下旅馆"字样的荧光屏说。

老张书记看到"地下旅馆"四个大字也来劲了，说："我们去里面看看，不行就住这里吧。"

果然是地下旅馆。

他俩沿着阶梯向地下室走去，一股难闻的味道渗到胸腔里，让人感觉烦闷。

老张书记说："住地下旅馆行吗？"

水根说："既然到了，先看看吧，我估计这个价格会很便宜的。"

他们来到住宿登记处，那灯光也是昏暗的。

老张书记说："这个电灯不亮啊！"

登记住宿的是一名中年妇女，她说："还好吧，你们待一会儿，就会感觉这个电灯很亮的。"

水根问："一晚多少钱？"

她说："你们是开两间房，还是一间房？"

水根说："一间吧。"

她说："一间二十元，一个人十元；两间三十元，一个人十五元。"

水根说："就两个人一间房。"

老张书记说："我打呼噜的，还是一个人一间房吧。"

水根说："没事，我躺倒了就像一头死猪，什么也不知道了，反正到天亮没几个小时了，我只要有地方睡觉就心满意足了。"

水根付了钱。

中年女人拿了钥匙去开房门。

水根对老张书记说："等我们厂做大了，以后我们出差就住高档宾馆。现在还没赚到钱，就应该苦字当头。"

"对，苦字当头。"老张书记接过话茬儿说。

地下旅馆的房间小小的，只放置了两张低低的床铺，其他设施一样也没有，而且隔墙没有全封闭，隔墙上端是空的。

老张书记说："我出生以来第一次住地下旅馆，真的是脏乱差。"

水根说："眼睛一闭，什么也不知道了。"

老张书记说："有点闷，不知道明天早晨起来会不会胸闷。"

水根说："别人睡觉没事，我们应该也不会有什么事的。"

老张书记说："这个地下旅馆住宿的人好像还蛮多，据我观察房间好像都住满了。"

水根说："是啊，毕竟这个地方价格便宜。"

老张书记说："大概白天跑多了，现在我一点也不想睡觉。"

水根说："我娘说，睡不着时念'南无阿弥陀佛'就会睡着的。"

老张书记说："我是共产党员，无神论者。"

水根说："那你数山羊，一只羊，两只羊，三只羊……"

两个人轻声说着话，突然有一种像哭又像叫的声音从隔壁房间传了过来，非常清楚。

"这是什么声音？"老张书记说。

"我也没听过这种声音。"水根说。

"鬼哭狼嚎的，听得我毛骨悚然。"

"我听出是几个女人的声音。"

"是不是她们在念阿弥陀佛？"

"不是的，念阿弥陀佛好听的。"

"那会是什么声音呢？如果叫我一个人住这里，魂都要被吓飞的。"

这个鬼哭狼嚎的声音一直响着，一个小时过去了，还没有停歇。

"我来看看究竟是什么哭声。"水根说，他终于忍无可忍了。

于是，他立在床铺上，双手扒在隔墙上。

"小心啊！"老张书记说。

水根踮起脚，映入眼帘的是两个跪在床铺上的女人，她们低头在

"又哭又笑"。

"你看到了什么？"老张书记问。

水根回答："看到两个女人跪在床铺上，不知道她们在搞什么鬼名堂。"

老张书记说："我来看看。"

他站在水根睡的那一张床上，也踮起了脚。因为害怕被她们发现，所以老张书记只看了一会儿就回到自己的床上，轻轻地对水根说："哎呀，她们是基督徒，在做祷告。"

水根问："你怎么知道呢？"

老张书记说："我不信神，不过我对基督教也是知道一些的。"

水根说："姜还是老的辣，我们年轻人应当虚心向你们老同志学习！"

向阳大队账面上不足五千元钱，即使把这些钱全部用于办制钉厂，那也是杯水车薪。水根打算购买三台制钉机，还要准备几吨钢材，添置一些其他辅助设备，这些东西到位的话都需要资金。

那可不是一个小数目。

水根找到老张书记，说："老张书记，制钉机厂家联系上了，我打电话过去问了下制钉机的价格，他们开价每台两万元，而且他们要先付订金。我想买三台，共要六万元，这个货款怎么办呢？"

老张书记说："我去找政府了，领导让大队自己想办法。"

水根说："大队有办法吗？"

"有。"

"有什么办法？"

"发动群众，集资办厂。"

"好主意。"

老张书记拿出一个日记本说:"我想写一份集资倡议书,发动全大队干部群众集资,由你们阳光制钉厂出面集资并支付利息,你看如何?"

水根说:"我看还是大队出面集资,因为群众都相信大队,阳光制钉厂刚开厂,群众不太相信。大队集资后,再借给我们制钉厂,这样做,群众应该会踊跃响应集资的。"

老张书记说:"听你的。大队先来发动集资,你看第一批集资需要多少钱?"

水根扳了扳手指说:"先买三台制钉机、几吨钢材,大概需要十五万元。"

老张书记说:"先买两台制钉机,等这两台制钉机生产稳当了,可以再买几台。这样吧,第一批先集资十万元,反正办厂需要钱,该借的要借,该投入的要投入。"

水根说:"那就先买回两台制钉机。"

老张书记说:"你看这个集资倡议书怎么写?"

水根说:"我也从来没有写过这种东西。"

老张书记说:"你比我有文化,还是你起草一下吧。"

"那你把笔和日记本给我。"水根说,"可以在这个日记本上写吗?"

"可以的。"老张书记说。

水根在日记本上打了草稿。他写道:

向阳大队全体干部群众:

　　为了响应上级关于大办工业的号召,现经大队党支部研究,决定开办阳光制钉厂,主要目的是壮大集体、造福村民。但目前来讲,大队资金缺乏,所以向全体群众发出倡议,大家有钱的出钱，有力的出力，把存在银行里的钱取出来，把放在箱子里的钱取出来，把这些钱都借给大队。一年后，大队连本带利全部还清集资……

老张书记拿过日记本，认真地看了一遍，说："借款利息10%，这个一定要写上。"

水根吃完晚饭，对阿红说："老张书记马上要开广播大会了，我要听的，你也听听吧。"

阿红说："我要喂猪，还要洗衣裳，哪有空听啥广播啊！"

"老张书记动员大队群众集资，你不想参加集资吗？"

"大队集资，我参加；如果是你制钉厂集资，我就不参加。"

"为什么？"

"我相信大队，即使亏本，大队还在的，大队还不了群众的集资款，还可以找公社要，不怕不给。如果你制钉厂想集资，我不可能借钱给你，万一制钉厂亏本，集资款泡汤，那我到哪里要钱呢？"

"你是刁民一个。"水根开玩笑说。

"我是刁民女人，你就是刁民男人，你说得没错。"阿红也乐了。

"不与你逗了，广播快开始了。"水根一本正经地说。他真的搬了一个小凳子坐在广播喇叭下面了。

"我看你现在像一个小学生。"阿红边说边咯咯咯地笑了。

"别说话了，快来听广播。"水根说。

"我没空听，你好好听，听了传达给我，不是一样吗？"阿红说着，拎了一桶猪食向门外走去。水根起身追了上去，说："这个广播会议很重要，关系到我们家的投资呢。"

说话间，水根一把拉住了阿红。阿红手里拎的一桶猪食险些打翻，有点恼怒地说："你说就说，动手动脚干什么呢？"

"向阳大队全体干部社员同志们，今天召开广播大会，有一件非常重要的事情，大队新办了一个制钉厂，你们也知道大队没有钱，但是办厂需要钱，那么这个钱从哪里来呢？经过大队党支部研究，决定在全大队发动集资，大家有力出力、有钱出钱。我可以透露给大家，这个制钉厂生意肯定会红火的。下面我来读一下这个集资倡议书，希望大家认真听……"

听得出，这是老张书记的声音。

阿红说："老张书记办事还是稳当的，不像那个大队长丁大也，像大爷一样的。"

水根说："是啊，看在老张书记面子上，也算是支持我办厂，你就把家里那八千元钱集资给大队吧。"

阿红说："我早知道你拉我听广播就是想把我的钱弄出来，现在看来你真的是一个刁民。"

水根说："集资有 10% 利息，比存在银行高了两倍多。"

阿红说："10% 利息什么意思？"

水根说："打个比方，我们借给大队八千元，一年得利息八百元，你明白了吗？"

阿红说："那你得给我写借条。"

水根说："不是我写借条给你，是大队会计写借条给你，手续都会办好的。"

阿红这才同意将八千元借给大队。

水根向阿红保证道："这个制钉厂会兴旺起来的。请你相信我！"

制钉机器还未到，大队长丁大也就插手制钉厂了。他对水根说："你不是要招工吗？我外甥虽说不识字，但有体力，你就招收他吧。"

水根知道他的外甥王大男是个玩世不恭的家伙，招收这种人进厂有点麻烦。但丁大也是大队长，又不好直接拒绝，水根急中生智想到了一个办法。

他对丁大也说："老张书记要求我的，这个制钉厂招工都要经过他审批，不让我单独招工。"

丁大也一脸疑惑，说："我好像没听他说过这件事嘛。"

水根说："说过的，那天我与他去上海，他对我说的。"

丁大也说："其实，你是厂长。招工是厂长的权力，不是大队书记的权力。他这叫越权。"

水根说："胳膊扭不过大腿，老张书记要这样做，我总不能不听他的话吧？"

丁大也说："那我回头问问他。"

水根到底有点"做贼心虚"。

于是，水根想找老张书记统一一下口径，不然被丁大也发觉自己在骗他的话，以后工作中说不定会被他穿小鞋。

另外，水根也想问问大队集资情况，因为与制钉机厂家讲好款到提货。

老张书记真是一个对待工作极其认真负责的人。

这几天大队在集资，白天上班时间，他一步也没有离开过大队部。老大队部已经让给阳光制钉厂，现在的大队部设在一所废弃的小学校里，仅有三四间低矮的房子。

水根来到大队部，一下子就找到了老张书记。

"你是不是又拿钱过来了？"老张书记与水根开起了玩笑。因为一早，水根就把八千元钱交给了大队会计，这是向阳大队收到的第一笔集资，也是金额最大的一笔集资。

"老张书记，我有事找你。"水根说。

两个人走到墙角。

水根说："大队长要把他外甥王大男安排到制钉厂。"

老张书记说："你答应了吗？"

水根说："我没答应，王大男坏名声在外，我怎么能收这种吊儿郎当的人呢？"

老张书记说："对，你做得对。"

水根说："现在我想与你通通气，我说制钉厂招收工人都要老张书记审批的。"

老张书记说："可以，以后碰到类似问题，你不好拒绝，你就往我身上推，我来挡回去。"

水根感激地说："那我们讲好了，招收工人由你审批啊！"

老张书记说："我与你约法三章，你对外说招收工人需要大队书记审批，其实你自己掌握就行。"

老张书记给水根吃了一颗定心丸。

至于后来丁大也有没有找老张书记核实情况，那就不清楚了，但水根用这个办法成功地拒绝了丁大也的无理要求，没让王大男到阳光制钉厂上班。但水根开办制钉厂，还是遇到了前所未有的困难。

向阳大队地处偏僻，还没通公路，交通十分不便。那么，这两台笨重的制钉机如何运输和安装就成了摆在水根面前的一个重大问题。结果，只能选择用船装载制钉机，没有其他办法可想。

制钉机每台有一吨多重，远在浙江，路途遥远。

水根和老张书记亲自去提货。

他们是叫了一艘水泥机挂船去的，幸好是去提两台制钉机，如果一次提三台那就超载了，只能分两次提了。

两台制钉机搬运到机挂船上也很不容易。

机挂船停靠在码头上，然后吊车将制钉机缓缓地吊起，轻轻地放在船舱里。为了让制钉机保持稳定，船舱里摆满了枕木，这是制钉机厂家提供的。

在返回的路上，水根和老张书记都有点愁眉不展。接下来怎么把这两台制钉机弄到岸上和车间里呢？这真是一件令人非常头疼的事情。

老张书记说："能不能将这个机器拆散呢？"

水根说："看看说明书。"

两个人看看说明书，又看看制钉机，看了半天，得出了结论：制钉机不能拆散。因为制钉机就是一个整体，或许能拆下一些小零件，但好像减轻不了多少重量。

老张书记说："那多叫几个男人，大家用力抬怎么样？"

水根说："这个应该也不行，那么多人抬机器，大家都要上船，船会晃动；再说这个制钉机也不好用手抓，万一抬起来又掉在地上，那可要砸到抬的人的脚呀！"

老张书记说："这样不行，人身安全第一。"

那个年代，还没有专业安装队，乡村工业还在起步阶段，要钱没钱，要技术没技术，要市场没市场，真是困难重重。

但办法总会有的。

水根说："读书的时候我看到过一本书，上面说可以将铁葫芦作为搬运机器来使用，所以我想用铁葫芦起吊，先把制钉机从船上吊到岸上，再在平地上搬运制钉机，这样应该容易些。"

老张书记说："那你有铁葫芦吗？"

水根说："我在生产资料部见过那个东西，我可以去买。"

老张书记说："那回去以后先去买铁葫芦。"

那艘机挂船终于驶到了阳光制钉厂旁的河边。看到机挂船装着两台机器回来，有五六个人站在河边看热闹。其中有一位老人，绰号叫"大阿弟"，是一位退休工人，原来在上海一家五金厂做工的。

他指着制钉机对别人说："这个是洋钉机。"

有人说："你看得出来？"

大阿弟说："我与它打了一辈子交道，闭着眼睛也摸得出来这是洋钉机。"

旁人不信。有人说："那我们去问水根。如果你说对了，我们佩服你；如果你说错了，以后就不要再在我们面前说大话了。"

大阿弟说："咱们打个赌怎么样？"

旁人说："可以的。"

于是，他们说好以一包大前门牌香烟为赌注。

水根刚上岸，他们就围住他问："船上装的是什么机器？"

水根说："制钉机。"

"大阿弟，你输了。"他们异口同声地说。

"我哪儿输啦？制钉机就是洋钉机，是你们输了。"大阿弟反驳道。

他们说："我们不懂制钉机是不是洋钉机，反正你说的是洋钉机，所以你输了，快拿一包大前门香烟来。"大阿弟面孔涨得通红，他坚持说洋钉机就是制钉机，并说那些人知识贫乏。

水根觉得好奇，大阿弟站在岸上，他怎么会知道船上装载的是制钉机呢？

他便问大阿弟道："你怎么知道船上是制钉机呢？"

大阿弟说："老伯伯我做洋钉三四十年了，这机器我闭着眼睛都会操作的。"

水根一听，像哥伦布发现了新大陆，他说："你说的是真的吗？"

因为水根正需要一个懂技术的师傅，本来他还准备去苏州城里找一个会制钉技术的退休工人。

大阿弟说："我凭啥骗你呢？"

大阿弟又说："你先给我证明一下，这洋钉机是不是就是制钉机？"

水根便对大家说："没错，洋钉机就是制钉机。"

但那几个人还是赖皮，不承认他们输了，但他们也没得到大阿弟的一包香烟，算是扯平了。

水根像捞到了一根救命稻草，他当即就有了招大阿弟进厂的想法，只是他没说。

眼前最重要的是如何把制钉机从船上搬到岸上，再搬运到车间里。

水根问大阿弟有什么办法。

大阿弟说："找一个三吨的铁葫芦、一个铁架子，再找一些枕木，我看眼前只有这样一个土办法可行。"

他忽然想到了什么，又对水根说："前几天我去五星大队，看见阿四厂里有铁架子和铁葫芦，我与他是好朋友，要不我带你去跑一趟？"

水根拍手道："太好了，马上走！"

老张书记对水根说："五星大队我也熟悉的，我跟大阿弟去吧，你在这里把枕木准备好，这样铁葫芦和铁架子一到，就可以动手搬运制钉机了。"

水根说："你想得周到，那你们去。"

大阿弟说："铁葫芦和铁架子很重，要叫一艘船一块儿去。"

老张书记说："对的，要不然，我们去了，那些东西也运不回来。"

老张书记和大阿弟到八队借了一艘水泥船前去。没费多大周折，他们就借到了铁葫芦和铁架子，那个铁架子很重，由六个壮男把它抬到船上。

万事俱备，只欠东风。

现在枕木已将机挂船固定好了，铁葫芦和铁架子也有了，水根还叫了七八名壮汉，一场在船上搬运机器的战斗打响了。

水根请大阿弟做总指挥，大阿弟也当仁不让。

当一台制钉机被铁葫芦缓缓提起时，大家屏住了呼吸。大阿弟指着铁葫芦对水根说："快点，不要停。"

突然，船晃动了一下，大阿弟连忙说："快在船南边打一根木桩。"

一根木桩打下去，把船稳住了。

大阿弟又说："快把麻绳拿过来。"

好在麻绳早已准备好。

大阿弟将麻绳系在被铁葫芦吊起的制钉机上。"岸上人拉紧麻绳。"他指挥道，"在机器下面铺好枕木，然后放下机器，再移动铁架子。"

在他的指挥下，两台制钉机被平安地搬到了岸上，大家悬着的心算是落地了。在岸上搬机器则相对简单些，大伙儿抬的抬，拖的拖，终于把两台机器搬到了车间里。

大阿弟要回去时，水根叫住了他。

水根对大阿弟说："谢谢你，今天要不是你指挥，这两台制钉机很可能还在船上呢。"

大阿弟说："不用谢，我们是一个大队的，都是自己人。"

水根说："今天老张书记也在，我们想聘请你为阳光制钉厂的技术师傅，你愿意吗？"

大阿弟说："本来苏州城里有一家单位想叫我去的，但如果自己大队需要我，我更愿意留在大队，再说在这里上班离家也近。"

水根说："那里报酬多少呢？"

大阿弟说："我有退休工资的，所以报酬多点或者少点无所谓，就是我以前闪过腰，做不了重活，这点我要提前讲明的。"

水根说："好说，好说，你只要动嘴说咋干，动手的事让我们来做！"

老张书记也对大阿弟说："有你在，肯定能办好这个制钉厂，我也就放心了。"

夜晚 10 时，水根拖着疲惫的身子回到家里。

妻子阿红还在等水根，她一个人坐在床头做布鞋，看见水根回来，她劈头盖脸地对水根说："你出去两天了，音讯全无，怎么到现在才回来？我等你等得头发都白了。"

水根笑道："让我看看你的头发，呵，真有一根白头发。"

阿红说："你还笑得出来，你说今天回来吃晚饭的，我特地做了一碗红烧肉等你回来，你真没有良心。"

水根说："那我现在想去吃一块红烧肉。"

阿红拉住他说："半夜三更吃红烧肉会不消化的！"

水根说:"也是的,多吃半夜饭,少吃年夜饭。"

阿红说:"热水瓶有热水,去洗洗吧。"

水根说:"好的,等我洗好,再向你汇报一下这两天的工作。"

阿红放下手里的活儿,走到隔壁房间,轻轻推开房门,看见儿子和女儿都睡着了,只是电灯仍然亮着。她轻手轻脚走到房间里,拉灭了电灯,然后又轻手轻脚走了出来,轻轻地将房门关上。

水根洗好脸后回到房间。他关门动作很大,砰的一声响。阿红说:"你关门轻点不好吗?把孩子都要吵醒了。"

水根吐了一下舌头,说:"忘记孩子在睡觉。他们睡着了吗?"

阿红说:"我刚才去他们房间关了电灯。你不回来,他们一直问我你什么时候回来,我看这俩小孩长大蛮有良心。"

水根说:"那是秧好稻好,娘好囝好,主要是,你是优良品种。"

阿红说:"光我是优良品种,你是烂田,那也种不出好庄稼啊!"

水根说:"那就得田间管理跟上,多花点时间,多施点化肥,作物亩产还是能有所提高的。"

阿红说:"你现在是制钉厂厂长,不是农技员了,我看你满脑子还是农业生产。"

水根嘿嘿一笑,说:"是吗?"

阿红拿起水根脱下的上装闻了闻,说:"怎么都是柴油味道?把裤子也脱下来,现在我就去洗。"

水根说:"应该不是柴油味道,可能是机油味道,搬制钉机时我算小心的了。"

阿红说:"以后你工作时就穿工作服,自己的衣服不要穿,万一不小心碰到机油洗都洗不干净。"

水根说:"刚刚开厂,哪顾得上买工作服呢?"

阿红说："那这样，我来翻一身旧衣裳给你。"阿红说话声音挺响的。

"嘘，你说话声音也轻点，不要把儿子和女儿吵醒了。"水根说。

阿红吐了吐舌头。

因为大阿弟的加入，阳光制钉厂生产铁钉十分顺利。向阳大队社员知道大队能自己生产铁钉了，都不到外面买铁钉了，都到阳光制钉厂买铁钉，新厂生产的铁钉一时还不够卖的。

水根叫会计盘账，头一个月去掉成本，净利润可达三万元，一年十二个月，年利润可达三四十万元，可以把当年投入的钱悉数赚回来，也就是说可以把大队借的集资款一笔还清。

水根信心十足。于是，水根便想再添置两台制钉机。

这回水根比原来精明许多，他货比三家后，对浙江那家制钉机厂厂长说："我是第二批买你的制钉机，你能优惠多少？"

厂长说："厂是你个人的，还是集体的？"

"是大队的。"

"是大队的就好办了，我每台便宜你五百元，两台便是一千元，你看好吗？"

"最好再便宜一点。"

"我已经给你最低价了，再低的话我就要亏本了。那我们订一份合同吧，合同上仍是原价，我把便宜的一千元现金给你，你明白我的话吗？"

"我听懂了，但不可以这么做。"

"那你说怎么操作？"

"合同上减去一千元，然后开发票给我。"

"这个别人又不知道，你不拿白不拿。我对你说，其他人来订这个机器，我们也是这样操作的，只是没有便宜别人这么多。"

"这钱我不能要，大队的钱怎么可以中饱私囊呢？"

厂长说："林厂长，你真是一个好人。"

现在有四台制钉机了，每天能生产铁钉一吨多，铁钉多了，销路却成了问题。

水根便去找老张书记。

水根说："现在铁钉开始积压，仅靠零售卖不了多少铁钉，我看还是要找人跑出去推销。"

老张书记说："我去找公社领导，看能不能把这些铁钉推荐给供销社，让他们负责销售。"

水根说："不仅可以推荐给供销社，还可以推荐给建筑公司，他们是用铁钉的大户，如果被他们采用，那铁钉的销量就非常可观了。"

老张书记说："听说有人拿了铁钉不付钱，有这样的人吗？"

水根想了想说："社员群众没一个不付钱的，就是大队长来拿过十斤铁钉，不过他说会付钱的。"

老张书记说："这个铁钉的钱，你要追讨，以后不管是谁到你那里拿铁钉，不付钱，你就不要给铁钉。如果你给了，这个铁钉钱就算在你厂长头上。"

水根说："你这句话就是我的尚方宝剑，我会做好的！"

老张书记满怀希望地去找公社领导。他找到了负责工业生产的李副主任。

老张书记说："李主任，我们向阳大队制钉厂办起来了，现在碰到一个新的问题。"

李副主任说："有话直接说，不要绕弯子。"

老张书记说："现在厂里有四台制钉机，日产铁钉一吨多，生产的铁钉开始积压。我们打听过，供销社在帮人代销铁钉，所以想请你去供销社说说，能不能专门卖我们的铁钉！"

李副主任说："我告诉你，这个供销社不归我们公社管的，他们直接由县供销联社管理，所以我说的话，他们可以不听。在他们眼里，我没有什么权威性。"

老张书记说："开三级干部大会，我经常看见供销社领导也出席。"

李副主任说："这种情况有的，公社要布置某项任务，他们过来开会也是配合公社开展活动。"

老张书记碰了一鼻子灰。

他回到阳光制钉厂。

水根正在和几个工人打包铁钉，看见老张书记来了，便领他到小办公室。

水根问："供销社的事，公社领导怎么说？"

老张书记说："我碰到李副主任，他对我说公社的供销社不归公社领导，他们直接受县供销联社领导。"

水根说："锣鼓听音，说话听声，他这明显是拒绝。"

老张书记说："他眼里只有大的工厂，像我们这种小厂都入不了他的眼。"老张书记一般从不在背后议论别人的，这回实在是李副主任的话把他气着了。

水根说："他这一扇门不通，那我们只好走另一扇门了。"

老张书记说："对的，这是逼着我们自力更生、艰苦奋斗了。"

水根说："那我只好去找上海亲戚了。只要他愿意出面，我想应该能卖出一些铁钉的。"

老张书记说："这几天公社领导要来大队检查，我走不了。如果有空，真想再陪你去一趟上海，吃一碗排骨面，住一晚地下旅馆，回想一下也是蛮有趣的。"

水根说："你忙，你不去没关系。我老婆一直说要到上海去，那我就和她一起去上海走亲戚。"

老张书记说："你老婆去上海算因公出差，大队补助她一些钱。"

水根摆手道："她是自己到上海的，怎么可以拿大队补贴呢？若被社员知道了，肯定会是'孙猴子大闹天宫'呀！"

两天之后，水根和阿红坐火车去上海，他们把铁钉销售寄托在那位上海亲戚身上。

去上海之前，水根说："咱们带一点土特产去。"

阿红说："我去自留地里摘些萝卜青菜。"

水根说："我去买点鱼虾，上海人特别喜欢我们阳澄湖的鱼虾。"

阿红说："带鱼虾不好，我们坐火车，鱼虾到上海都会死光的。"

水根说："那带什么好呢？"

阿红说："我看带甲鱼、黄鳝比较好，这两样东西路上不会死的，上海人不喜欢吃死的东西。"

水根说："还是你想得周到！"

当天傍晚，阿红到自留地里摘了很多萝卜和青菜，还有黄瓜。晚上，她把这些蔬菜拣拾干净，然后装入一只蛇皮袋。

水根说："蔬菜少一些，你带得太多了。"

阿红说:"上海人出多少钱也买不着这些新鲜蔬菜的,我敢说,这个蔬菜比鱼虾还要受欢迎。"

水根说:"你少带一些蔬菜,或许更受他们欢迎,物以稀为贵。"

阿红说:"这些蔬菜又不重,我来拎好了,又不要你拎。"

第二天一早,天还未亮,他俩便来到街上的菜市场。菜市场还未开门,他俩就在大门口等。等了十几分钟,菜市场才正式开门,而鱼摊则还晚了一些。

他俩来到鱼摊要买甲鱼和黄鳝,摊贩说:"甲鱼和黄鳝还没有送来,你们等一会儿吧。"

水根说:"我们要赶火车,到上海去,所以时间很紧张。"

摊贩说:"你们要买甲鱼和黄鳝要早点跟我讲的,这样我就好提前备好货,早点让你们带走。如果你们等不及,可以买点鱼啊虾啊,这些东西都是新鲜的,而且都是阳澄湖野生的,送给上海人吃,上海人要开心死了。"

水根对阿红说:"那我们买点鱼虾吧。"

可阿红说:"不行,鱼虾现在看上去鲜活,但到了上海就都死了,那种死鱼虾能送给上海人吗?再说你是去求上海亲戚的,他们不喜欢这些死鱼虾,还能为我们想办法,能为我们出力吗?"

阿红一番话说得水根抬不起头来。

水根说:"那就等吧。"

还好,等了不到二十分钟,甲鱼和黄鳝都来了。摊贩说:"这些甲鱼和黄鳝都是阳澄湖野生的,特别是这个黄鳝,不是每天都有的,今天你们运气真是不错。"

水根说:"谢谢,那就来两只甲鱼、两斤河虾。"

阿红说:"两斤河虾?你是不是说错话了,我们要买黄鳝啊?"

水根说："说错了，不是买河虾，是买黄鳝。"

阿红说："甲鱼两只够了，黄鳝两斤太少了，买个五斤吧。"

那天是星期天。真是幸运，那位亲戚刚好在家休息。

看到水根和阿红拎着大包小包上门，他十分诧异道："你们怎么今天来啦？"

水根说："阿红牵挂老舅妈了，她老人家身体可好？"

亲戚说："蛮好，不过她没跟我们住在一块儿。"

阿红说："那里离这里远吗？"

亲戚说："靠近乡下了，蛮远的。"

阿红说："如果距离近，我们想去看看老舅妈。"

亲戚说："等有空，我陪她去你们乡下走走，她也一直牵挂着你们。"

水根说："现在阳澄湖大闸蟹快上市了，欢迎你和老舅妈一起来我们苏州乡下品尝阳澄湖大闸蟹。"

亲戚说："阳澄湖大闸蟹很出名！日本人说的上海大闸蟹，其实就是阳澄湖大闸蟹。不过，你老舅妈最喜欢的还是阳澄湖青团子，她对阳澄湖青团子一直念念不忘呀。"

阿红说："阳澄湖青团子是好吃的，一般在清明前后才有，那青青的颜色都是浆麦草挤出来的，我也会做这个青团子的呀。"

水根说："阿红做的青团子比外面买的好吃，因为用的浆麦草是野生的。下次，等青团子有了，我叫阿红多做点青团子给老舅妈送过来。"

亲戚看见地上堆放的大包小包，说："你们怎么带了这么多东西啊？"

阿红指着蛇皮袋说："这个袋子里都是蔬菜，是我昨晚到地里摘的，很新鲜的。"

亲戚说："这个我喜欢。"

阿红指着两个黑色的马甲袋说："这两个袋子，一个里边是黄鳝，另一个里边是甲鱼。"

水根说："这个黄鳝和甲鱼都是阳澄湖里野生的。"

亲戚说："野生的，那很贵吧？"

水根说："还好，不算贵。"

亲戚说："是不是你现在做了厂长财大气粗了？"

水根搓搓手说："那没有，我只是一个小小的制钉厂厂长！"

亲戚说："制钉厂生意还好吗？"

水根说："刚开始半年还好的，铁钉供不应求，但目前来讲，这个销售跟不上，铁钉就有积压了。"

"铁钉这东西用途广泛，怎么会积压呢？"亲戚问道，"你现在有几台制钉机？"

水根说："现在有四台制钉机。"

亲戚说："上次你和你们大队书记去看过的那家制钉厂，他们有十几台制钉机，我从来没听他们说过有铁钉积压的事呀。你们肯定只抓了生产，而没有把销售这个环节跟上去。"

亲戚居然把这些事情看得清清楚楚。

这位上海亲戚把铁钉销售的事情放在心上了。在他的过问下，有一家上海五金经销公司找上门来，与水根洽谈长期合作铁钉销售事宜。

那天，上海客商是开着小车过来的，但因向阳大队不通公路，所以小车只能停在街上。

老张书记知道此事后非常重视。他把大队的一艘机挂船借给水根，还吩咐大队食堂做了一桌好菜以备招待上海客商。

水根开上机挂船早早等候在街道停车场。

上海客商开了一辆面包车。因为水根已经提前知道上海客商的车牌号码，所以他一眼就认出了。

他快步迎了上去。

从车上走下一位身材魁梧的中年汉子，他递给水根一张名片，伸手握住水根的手，说："阿拉（第一人称代词"我们"和"我"的发音，在上海及江苏南部人群中广泛使用）姓吴，苏州姓吴的多，所以阿拉也可以算半个苏州人！"

水根说："上海和苏州是近邻，我们都是自己人！"

这位上海客商（下面称吴经理）说："今天阿拉把公司的主要领导都带过来了，你欢迎吗？"

"欢迎，欢迎领导来我们工厂指导工作。只是我们还是个小厂，还请各位领导多多批评。"水根说，"我们大队公路还没通，所以请大家坐机挂船去。请大家上船吧。"

听说坐船，这几位上海朋友可高兴了，尤其有两个年轻女子高兴得大声尖叫："阿拉坐船喽！"

"阿拉还是第一次坐船。"

"船会不会翻身啊？"

"不要紧，侬掉到河里，阿拉第一个救你。"

"还有阿拉呢。"

"那阿拉一手救一个。"

几位上海朋友坐在机挂船上可热闹了。车子不能直接开到厂里，水根原来有些担心上海客商心里会不舒服，现在看着他们在船上欢快的样子，这种担忧的感觉就消失了。

吴经理对水根说："世界那么大，阿拉与你能够坐在一条船上，真是有缘分啊！"

水根说："是啊，百年修得同船渡。"

吴经理说："这次，阿拉带这些骨干来，一是看看你的工厂，开启彼此合作的旅程；二是现在是阳澄湖大闸蟹上市的季节，我带他们来品尝一下阳澄湖大闸蟹。"

水根连说："好的，好的。"但他心里有点紧张，大队食堂在准备午饭，可并没有准备阳澄湖大闸蟹呀。等一下到厂里，就要第一时间通知大队食堂赶快去买阳澄湖大闸蟹，这可是件头等大事！

老张书记得知上海客商要来，早已等候在阳光制钉厂里，他还带来了一罐西湖龙井茶，这是一位老朋友送给他的，他自己都舍不得喝，但为了招待上海客商，他就从家里拿了出来。

忽听机挂船声音近了，老张书记连忙跑到河边，果然是机挂船来了。

水根手执船绳，将船绳使劲向岸上一甩，岸上有人接住船绳，将船绳系在旁边一棵树上。然后，水根拿起一块船板，将船板一头架在船上，另一头架在岸上，船板就是一座小木桥了。

老张书记俯身将船板移动了一下，这样船板更平稳了。

水根第一个从船板走上岸。

吴经理一行人也跟着下船。

"这是我们大队老张书记。"水根说。

"阿拉姓吴。"吴经理自报家门。

老张书记伸手握着吴经理的手说："欢迎上海领导来我们阳光制钉厂指导！只是这里条件艰苦，还请你们多多包涵！"

吴经理说："上有天堂，下有苏杭，江南水乡、小桥流水人家，坐在船上就感受到了江南水乡的自然风光之美！"

水根先把上海客商领到了车间里。

水根说："这个厂房原来是大队部所在地，现在大队已经规划准备建造新厂房，一年后我们就可以搬到新厂房，这个老厂房就还给大队。"

吴经理说："这厂房看上去蛮破旧，是不太适合做生产车间，但阿拉看你这个制钉机还是蛮先进的，一年后如果真能够搬进新厂房，阿拉觉得我们可以合作。"

老张书记说："有吴经理这句话我们就放心了。我们马上会开工建造新厂房。"

吴经理说："若要富，先通路，要让汽车能开到工厂，那就更好了。"

老张书记说："这个公路，公社已经有规划，下个月就要动工了。"

吴经理说："那阿拉没什么问题，你们能够生产多少铁钉，阿拉就包销多少铁钉。"

水根惊讶了，说："这是真的吗？"

吴经理说："阿拉上海人讲话算数的。"

水根连连点头。

水根说："如果我们一天能够生产三吨铁钉，你们也能包销吗？"

吴经理说："没问题，阿拉这个销售市场广阔，不论你们生产多少，阿拉全部包销。"

水根问："那么货款呢？"

吴经理说："货到付款行吗？"

水根说："行，行的。"

老张书记说："这个制钉厂简陋，连坐下来喝茶的地方也没有，我们到大队部我的办公室喝茶去，我备好了西湖龙井茶。"

"你怎么知道阿拉喜欢西湖龙井茶呢？"吴经理的表情有点惊讶。

在去大队部的路上，水根突然想起上海客商要吃阳澄湖大闸蟹的事，于是，他悄悄对老张书记说："吃饭时有阳澄湖大闸蟹吗？"

老张书记说："有阳澄湖虾和大鲢鱼，没有阳澄湖大闸蟹。"

水根说："他们想品尝阳澄湖大闸蟹。"

老张书记看了看手表说："现在十点半，我马上叫人去买。"

水根说："要到阳澄湖吗？"

老张书记说："不用的，街上就有。"

他看见机挂手跟在后面，就对他说："你现在就去街上买阳澄湖大闸蟹，抓紧时间。"

机挂手说："买多少？"

老张书记和水根商量了一下，对机挂手说："你买十六只吧，大一点的阳澄湖大闸蟹。"

机挂手说："好的。不过我身上没现钱。"

老张书记说："那你跟我走，到我办公室拿钱。"

他们两个人便小跑着向大队部去了。

机挂手拿了钱，老张书记又叮嘱他买到蟹后要及时回来，中午要吃蟹的。

机挂手刚走，水根和上海客商就到了。

老张书记把他们领到了会议室，这个会议室是新搭起来的屋子，屋子的墙面还有些潮湿。

老张书记说："吴经理，我们大队条件太差了，今天委屈你们了。"

吴经理说："书记，阿拉老家在淮南，讲经济条件，那里与这里差不多，前几年我去过那里的大队部，是一个小庙，旁边小屋子里还有菩萨泥塑。"

老张书记边说边拿出了西湖龙井茶，说："我来泡茶。"

这时，妇女主任石小兰来了。

老张书记对她说："你来得巧得很，你给上海朋友泡茶吧。"

石小兰说："好的。"

她一边泡茶，一边对老张书记说："烧饭阿姨问我午饭要不要喝酒。"

原来石小兰在食堂做下手。

老张书记说："肯定要喝酒的，我不是关照她准备几个冷盆的吗？"

石小兰说："我晓得了。"

老张书记说："你对阿姨说，阳澄湖大闸蟹正在买，中午要吃的，等买回来马上加工。"

石小兰说："哇，请吃阳澄湖大闸蟹啊！"

老张书记在房间里招待上海客商。水根放心不下食堂，所以他来到了食堂，老阿姨正在做红烧猪蹄，铁锅直冒热气。

老阿姨说："今天是你们厂的客人吗？"

水根说："是的，上海客人。现在老张书记叫人去买阳澄湖大闸蟹，中午要吃的。"

老阿姨说："阳澄湖大闸蟹到现在一只也没有看见，中午要吃来得及吗？"

石小兰回到了食堂，她看见水根也在，笑道："今天有阳澄湖大闸蟹，我也要吃一只。"

水根说："今天是给上海客人吃的，你要吃，我过几天买给你吃。"

石小兰说："这你就小气了吧，过几天你叫我吃阳澄湖大闸蟹，我也不吃，不吃蟹不会死的，不吃饭才会死人。"

水根说："不与你开玩笑了，我有上海客人要去招待。"

水根刚走，丁大也来了。

丁大也对石小兰说："刚才好像是水根在，他来做啥？"

石小兰说："你是真不知道，还是假不知道？"

丁大也说："什么意思？"

石小兰说："今天中午制钉厂在这里请上海客人吃饭，还要吃阳澄湖大闸蟹呢。"

丁大也说："什么？要吃阳澄湖大闸蟹？一个小小的制钉厂，产值没多少，钱也没赚到多少，吃倒是讲究的。要吃阳澄湖大闸蟹，我看给他们吃阳澄湖穿条鱼还差不多。"

石小兰笑道："阳澄湖穿条鱼小是小，味道还是非常鲜美的。"

丁大也走到她身边，轻声说："你什么时候有空了，我请你吃阳澄湖穿条鱼。"

石小兰没有领会他的意图，说："我家里穿条鱼有的吃，你要么请我吃阳澄湖白鱼吧。"

丁大也说："阳澄湖哪有白鱼？白鱼是太湖里的鱼。"

石小兰说："反正我不想吃穿条鱼。"

这时，烧饭老阿姨回来了。

丁大也对石小兰说："你到外面，我有话对你说。"

石小兰故作镇静说："老阿姨又不是别人，你有话想对我说，那你说呀。"

丁大也伸手拉了她一把，说："外面说。"

就这样，他把她拉到了门外。

丁大也朝四周看了下，对石小兰说："下午有空吗？我要去六队，你与我一块儿去。"

石小兰说："叫我去六队做啥？"

丁大也说："我想找个地方抱抱你！"

石小兰说："明天我让你抱，现在我有一件事情找你帮忙。"

"什么事情？"

"你说答应帮忙我才说。"

"你说了，我看能不能帮忙，哪有我不晓得是什么事情就答应帮忙的呢？"

"我想你出面，这事肯定行的。"

"那你说是什么事呢？"

石小兰说："我男人想进厂，你晓得在田里做活累死了，他身体又虚弱，所以麻烦你找水根讲一下，让我男人到制钉厂上班。"

丁大也摇头道："这个忙我帮不了。"

石小兰说："你是大队长，难道水根不听你的吗？"

丁大也说："上次我想让我外甥王大男到他厂里上班，他都没收，一口拒绝了。"

石小兰说："水根这事做得对的。你外甥这个人好吃懒做，如果我做制钉厂厂长，也不会收你外甥！"

丁大也说："你觉得对，你不会自己找水根去？"

石小兰说："我与他关系一般，他不会听我的话。"

丁大也说："好吧，我记得了，我找他说说看。"

他看看四周没人，伸手摸了石小兰一下。石小兰惊叫一声，说："你这个人就不学一些好。"

丁大也走了不久，机挂手拎着一网袋阳澄湖大闸蟹回来了。他进了食堂就说："老张书记关照的，中午要吃蟹的，快点做蟹吧。"他把袋子往地上一放。

老阿姨说："哎哟，不要放地上，放面盆里。"

石小兰接过网袋说："有多少蟹呀？"

机挂手说："老张书记叫我买十六只蟹，我就买了那么多。"

石小兰指着他说："你这个笨男人，你为啥不多买几只，让我也尝一尝这阳澄湖蟹的美味呢？"

机挂手也不是省油的灯，他说："你不就是一只蟹吗？你这一只蟹端上桌，保证一眨眼全部抢光。"

说完，他转身逃得飞快。

石小兰苦笑道："世上没有一个好男人！"

老阿姨也笑了，她说："是啊，你是个年轻女人，哪个男人不想揩你油水呢？像我老太婆送上门，他们也不会要，所以讲，人老珠黄不值钱。"

石小兰抖了抖网袋，里面的蟹发出吱吱的声音，她对烧饭老阿姨说："阿姨，还是做人好啊，做蟹是要被人吃掉的。"

"饭好了，可以吃饭了。"石小兰对老张书记说。

水根也在旁边。水根招呼上海客人。他对吴经理说："吴经理，请大家到食堂吃饭，没有什么招待大家，吃一顿便饭。"

吴经理说："简单一点。"

老张书记手里拿着两瓶白酒。

吴经理说："书记，中午我们不喝酒，午饭后就要回去。"

老张书记说："少喝一点，中午我也不喝酒的，今天我陪陪你们。"

吴经理说："真的不用拿酒，我们真的没人喝酒。"

老张书记说："吃阳澄湖大闸蟹不喝酒，味道品尝不出来啊！"

吴经理想了想说："那少喝一点酒吧。"

向阳大队食堂也真是简陋。因为房子是刚搭建的，地面刚铺的青砖踩上去还会动。上海客商里有个年轻女子看到一条从地上青砖缝隙里爬出的小青虫，立刻大叫起来。

众人吓了一跳。

水根连忙伸手将这条小青虫捉到外面。

老张书记说："这个房子刚搭好，地面也刚铺设砖头，所以有这种小青虫出没，不过没有什么关系，这种小青虫不会咬人的，它不是害虫。"

水根走到一口水井处洗手。

石小兰也在井口洗菜。

水根说："石主任，今天辛苦你了。"

石小兰说："你嘴巴上说得好听，你说我辛苦，那你弄一只阳澄湖大闸蟹给我呀？"

水根说："好吧，上海人每人吃两只，其他人每人吃一只，我应该也能吃到一只，那我把我那一只省给你吃，这可以了吧？"

石小兰起身说："有你这句话，我就是吃不着阳澄湖大闸蟹也开心的。"

水根说："我要陪客人，不与你说话了。"

石小兰便没在水根面前提想让她男人进制钉厂一事。

也就是老张书记和吴经理两个人在喝白酒，其他人都喝可乐、雪碧，水根在喝可乐。老张书记关照食堂阳澄湖大闸蟹要最后端出来，因为吃蟹后再吃其他东西，其他东西的滋味便不好了。

可酒过三巡，石小兰双手端出来的阳澄湖大闸蟹让吴经理傻眼了。

吴经理说："这是阳澄湖大闸蟹吗？"

石小兰说："是阳澄湖大闸蟹呀。"

老张书记笑不出来，他看一眼就知道烧饭的老阿姨搞错了，应该做清蒸阳澄湖大闸蟹，而不是这种像糨糊一样的大闸蟹。

水根说："吴经理，这是面拖蟹，有吃相无看相。"

吴经理说："这种阳澄湖大闸蟹，我生平还是第一次品尝。"

老张书记不动声色走了出去，他找到老阿姨，问道："老阿姨，你怎么做成面拖蟹了呀？"

老阿姨已经听到石小兰说不是做面拖蟹的，所以她神情紧张，问道："那可怎么办呀？"

老张书记说："上海人喜欢吃蒸蟹，弄点醋蘸着吃的。"

老阿姨说："那种吃法我从来没有吃过，我们苏州乡下人都喜欢吃面拖蟹的。"

老张书记说："可他们是上海客人，做的酒菜应该要满足他们的需要。"

老阿姨说："唉，是我自以为是了。"

老张书记说："我也没做好，事先应该关照你一声，就没有这样的事情发生了。"

可等老张书记回到桌上，两大碗蟹已所剩不多了。

两个年轻女子都说这种面拖蟹好吃。

吴经理说："想不到大家都说面拖蟹比蒸蟹好吃一百倍。"

老张书记说："这是食堂老阿姨烧错了，刚才她被我说了一顿。"

吴经理说："你不可以说她，应该表扬她，这个面拖蟹真的特别好吃。"

两个年轻女子问道："这个面拖蟹怎么做的？"

水根说："把一只蟹一劈两半，然后加入料酒和面粉进行搅拌，再入油锅里一炸……"

老张书记说："林厂长讲的可能不对的，我把烧饭的老阿姨叫进来，怎么做面拖蟹的，你们可以当面问她。"

老张书记又来到食堂。他找到老阿姨，老阿姨以为老张书记又来找她麻烦，所以情绪有点紧张。

老张书记说："上海客人都说这个面拖蟹好吃，她们问怎么做的，你去讲一讲，给她们传经送宝。"

老阿姨说："我讲不出个啥名堂，我给你讲面拖蟹怎么做的，你再讲给她们听就是了。"

老张书记说："她们要你去讲，你就去讲啊！"

老阿姨说："我不去讲，多难为情呀。"

老阿姨就是不去。

最后，老张书记只好重回酒桌，他对两个年轻女人说："老阿姨脸皮薄，不愿意抛头露面。她叫你们过去，她才愿意教你们啊！"

两个女子说："可以啊。"

她们跟着老张书记找到了老阿姨。

老阿姨说："做面拖蟹很简单的。一是将蟹洗净，一只蟹剁成两半，揭开蟹盖，除去蟹鳃，蟹脚拍裂备用；二是将大蒜、生姜切末，葱切成葱花；三是面粉和水按 1∶2 的比例搅拌成面糊，并且加入适量盐、糖、黑胡椒粒调味……"

两个女子说："做面拖蟹不简单啊，让我们用纸笔一一记下来。"

其实，那时候苏州农村人一般都爱吃面拖蟹，而不吃蒸蟹。所以，老阿姨做成面拖蟹，也不能责怪她。幸好，老阿姨做的面拖蟹意外地得到了上海客商的赞美，此事还成为当时的一个笑谈。

自此，吴经理和水根成了好朋友。

阳光制钉厂生产出的各种铁钉全部由吴经理的公司包销。

老张书记并未食言。他开始规划建造厂房，但大队账面上没钱，所以他又想到了向群众集资。水根说："我去找吴经理，看他能不能预付我们一点货款，以后我们用铁钉慢慢还他。"

老张书记说："这是一个好方法。"

水根说："那我去上海跑一趟。"

老张书记说："我和你一起去趟上海吧。"

水根说："那我们明天早上就去，今天我去苏州买好火车票。"

老张书记说："今天下午我要去苏州，我顺便去买车票。"

水根说："那麻烦你了。"

当天傍晚，水根回到家里，他对妻子阿红说："明天一早，我和老张书记一块儿去上海。"

阿红说："你想几点钟起床？"

水根说："差不多5点，火车票是上午10点的。"

"那我来调好闹钟。"

她又问："你们去上海有事吗？"

水根说："当然有事啊，我和老张书记去找吴经理，与他商量能否让他先付一点铁钉的预付款来，这样我们就可以不向群众集资，也不用付集资利息了。"

"这个念头是谁想出来的？"

"当然是我。难道不好吗？"

"好是好，问题是吴经理凭什么给你们预付款呢？你们生产的是小小的铁钉，又不是生产飞机大炮的零件。"

"是啊，所以我们先去问问，万一吴经理答应了呢？"

"吴经理帮了你那么多忙，你去找他，应该带点东西给他啊。"

"对的，是应该带点土特产，那这样吧，你把闹钟调到早晨4点，我们去菜场买点阳澄湖水产。"

"我们家里不是饲养了十只草鸡吗？我想上海人都喜欢吃草鸡。"

"我要坐火车，活鸡怎么带呢？"

"以前我们去上海亲戚家不是带过两只活鸡的吗？"

"我想起来了，火车应该可以带活鸡的。"

"我想，还是带宰杀好的鸡给他吧。"

"那当然好。"

"那你去烧热水，我去捉鸡，我们杀鸡去。"

夫妻两个宰杀了五只草鸡，一直忙到了晚上11点才上床睡觉。

水根说："阿红，我怎么谢你呢？"

阿红说："等你有钱了，想着家就行了。"

水根说："我会的！"

第二天早晨5点半，水根提着五只草鸡来到了大队部，老张书记也到了。他们先在这里坐机挂船，再坐长途车到苏州火车站，然后坐火车去上海。

老张书记看到网袋露出的鸡爪，问："有几只鸡？"

水根说："五只，自家养的。"

老张书记说："我带了两条珍珠项链。"

水根说："你带的礼品好，我带的草鸡还在流血水。"

老张书记说："珍珠是我们这里的特产，主要是珍珠项链携带方便。"

水根说："我受到启发了。"

老张书记说："你这个草鸡是送给吴经理的吧？"

"是啊！"

"他不一定会收下这些草鸡，被其他人看见对他影响不好！"

"那怎么办？"

"这样吧，就送吴经理两条珍珠项链，这些草鸡送给他们的食堂。我想这样做，吴经理本人，还有他们单位的人都不会有什么意见。"

"这个办法好！"

水根不得不承认，老张书记想得就是比自己周到。

看来，送礼也是大有学问的。

果然，吴经理看到那么多草鸡，眉头一皱，说："这……这个鸡，你们带回去，今天晚上阿拉要到北京出差。"

水根说："吴经理，这些草鸡是送给你们食堂的。"

吴经理说："这样啊，那收下，谢谢你，谢谢老张书记！"

到了会议室，老张书记拿出两条珍珠项链，对吴经理说："这是我们家乡的特产，谢谢你对我们的大力支持。"

吴经理说："都是自己人，用不着这样客气的。"

老张书记说："一点心意。"

这时，女秘书给水根和老张书记递上了茶水。

水根端着茶杯，想了半天，终于鼓足勇气对吴经理说："吴经理，现在大队给了我们制钉厂一块地，我们准备自己建造厂房。"

吴经理眼睛一亮，说："多少亩？"

老张书记说："五亩左右。"

吴经理说："五亩少了点，眼光应该看得远一点。"

老张书记说："十亩也可以的，但拿地多，投入资金大，现在问题就是缺少资金。"

吴经理说："你们测算了吗，这个基建需要多少钱呢？"

老张书记说："拿五亩地，我们算过，建造厂房三千平方米，一平方米一百二十元，仅建造厂房就需要三十六万元，加上其他设施，差不多总计需要五十万元，当然建造厂房工程款可以分期付的。"

吴经理说："那拿十亩地，就需要一百万元，对吧？"

那时是 20 世纪 80 年代初，大队建造厂房只要大队书记拍板就行，无须上级审批。

所以，阳光制钉厂想拿多少土地建造厂房，这是老张书记一句话就能办成的事。

吴经理问："建造厂房你们自己有多少资金？"

老张书记说："说实话，大队也没钱，我们想通过集资，应该可以筹集到一二十万元。"

吴经理说："制钉厂扩大生产规模，这条路是对的，所以建造厂房是早晚要做的一件事，晚做不如早做，所以我支持你们建造厂房。"

水根心情激动了，他说："吴经理，你真是我们的贵人。"

吴经理说："主要是你们自己做得好。"

最后，吴经理答应无息贷给阳光制钉厂五十万元，这笔钱使用一年后从产品中陆续扣除。

水根高兴得跳了起来。

老张书记对吴经理说："吴经理，我代表向阳大队全体干部和村民谢谢你！”

老张书记想请吴经理上饭馆喝酒。

吴经理说："晚上阿拉要去北京出差，等你们工厂哪天竣工了，到那天阿拉会过去看看的。"

老张书记说："那一天，我们好好干一杯。"

当天，老张书记和水根坐火车返回苏州时，天已暗了，长途客车都没了。

水根说："我们走回去。"

老张书记说："你年轻，走得动，那么远，我走不动。"

两个人就在火车站附近找了一个小旅馆住下。

老张书记说："肚子饿了，我们找个小饭店吃饭去。"

水根说："好！"

他俩走进了一家小饭店。

水根看着菜单对老张书记说："这里菜太贵了，一个小青菜也要六元。"

老张书记说："这里靠近车站，肯定贵一点。"

水根说："换一家看看。"

两个人走出小饭店，又走进另一家饭店。

水根说："这家饭店比刚才那家还要贵。"

老张书记说："你怎么看出来的？"

水根指着墙上的菜单说："你看，一个青菜要八元，比刚才的贵了两元。"

结果，两个人看了几家饭店，感觉他们的菜都太贵。

最后，水根说："我们就随便吃一点东西吧。"

"好，我看见那边有馒头店，去买馒头吃吧。"老张书记说。就这样，他俩就买了馒头，一人两个馒头。一个是大队书记，一个是大队办厂厂长，虽然老张书记和水根手里握着公家的钱，但他们却从不乱花钱。

第二天一早，水根和老张书记就坐早班长途客车回来了。

在客车上，他们坐在同一排。

老张书记说："今天回去，我们就去看地。"

水根说："你比我还心急啊！"

"做事要趁热打铁。"

"是不是把老厂房拆了翻建新厂房呢？"

"那老房子可以让给其他小厂，我想另外拿一块地。"

"哪一块地？"

"在制钉厂东边有一块地，有二十多亩。"

"你不是对吴经理说拿十亩地吗？"

"是啊，这片二十亩地我们先拿十亩下来，如果以后制钉厂有新的发展，规模大了，到时再把另外十几亩地也拿下来。"

"老张书记，你的眼光很长远。"

这时，车子一个急刹车，车内响起了一片叫喊声。水根眼疾手快，伸手一把拉住了老张书记。

这时，有人指责司机怎么开车的。

司机回头对大家说："有一条水牛横穿马路，不刹车就撞到牛了。"

大家往车外一望，果然路边有一头水牛在东张西望。

老张书记伸手拍着胸口对水根说："幸亏你拉我一把，我若摔下去，半条命要没了。"

水根说："那我也倒霉了。"

老张书记说："你倒什么霉呢？"

"你住医院了，那今天回去看地的事就搁浅了。"

"你说的也是，那只好把建造厂房的事往后拖了。"

一个急刹车，没闹出什么事。大家松了一口气。

老张书记对水根说："那一块地可是风水宝地啊！"

水根说："你懂风水吗？"

"我不懂，但我知道的。"

"你知道什么？"

"你能想起来吗？那一片地以前都是坟墩，还有露天棺材。"

"我想起来了，小时候经过那一片地时人都挺害怕的，害怕棺材里爬出鬼。"

"我看一本书上说过，有坟的地方都是风水宝地。过去的人，都讲究风水的，坟场选择的都是好地方。根据这样的情况推断，我觉得这一片土地就是风水宝地。"老张书记说。

"那块地底下会不会还有坟墓呢？"水根说。

"难说，或许有，或许没有。"老张书记顿了一下又说，"如果有坟墓，那你就是掘横材，发横财了。"

两个人不由得哈哈大笑起来，让车上的乘客听了感觉有点莫名其妙。

笑过之后，老张书记又来了这么一句："我们都是共产党员，要一心为集体工作，可不能为自己揩集体油水，发不义之财啊！"

水根点头称是。

突然下起了雨。

老张书记对水根说："即使下冰雹，我们也要去看地。"

水根点头，他表示下雨天无所谓的，只要撑一把雨伞就行。

于是，从长途客车下来，水根买了两把雨伞。

本来，老张书记想叫机挂船来接的，但一时找不到电话机，所以无法与机挂手联系。

老张书记和水根撑着雨伞，走在雨中。

老张书记说："我们直接去看地吧。"

水根说："要不要先回家放好提包？"

老张书记说："这提包里面只有几件旧衣服，又不重，就带着吧。"

当他俩走到那一片地时，雨也停了，但见地里生长着一大片玉米。

老张书记说："过几天这些玉米就可以摘了，这个时间点蛮巧的，如果现在就施工，那些玉米就收不成了。"

水根说："看玉米长得蛮好，这里真是风水宝地。"

这一片地上最南边还有一间小屋，小屋是用砖头砌的，外墙并没有粉刷。这时，从小屋里走出一个老头，他是看鱼塘的。老头看见老张书记走了过来，说："老张书记，是什么风把你吹到这块坟地来了呀？"

老张书记说："我和水根厂长来看看这一块地。"

老头说："我以为你是来摘玉米呢，现在玉米还太嫩，再过一个星期就长结实了。"

水根说："我们不是来摘玉米的。"

老张书记指着小屋说："你住在这小屋里吗？"

老头说："我吃住都在这间小屋，这里是风水宝地，我死了，棺材也不要的，把这个房子一扒，就当棺材算了。"

老张书记说："现在新时代了，人死了都要火化。"

老头说："我就不火化。"

老张书记说："你不要这么说，人死了，把你甩到阳澄湖里，你也不晓得了。"

老头说："是啊，人真是活着一场空，死了一堆土。"

水根说："老早说是死了一堆土，现在说是死了一阵烟。"

老张书记和水根走到了小屋门口。

老头说："到里面喝口茶。"

老张书记说："下雨天，不渴。过几天这一块地大队要造厂房，你这小屋要拆掉，所以你得做好思想准备。"

过几天这一块地大队要造厂房，你这小屋要拆掉，所以你得做好思想准备。"

老头说："好好的小屋为啥要拆掉？你叫我住哪里？"

老张书记说："把这一间小屋移到对岸去。"

老头说："移到对岸去可以，但你大队要出钱帮我造好，不然打死我也不会走的！"

水根觉得这一块地建造厂房很好，所以他对老头说："你不用急，不会让你住在露天地的。"

老头听到水根这么说，情绪更激动了，连话都说不出了。

水根又说："大队不给你建好小屋，我来给你建。"

老头这才缓过神来说："只要有住的屋子，我也服从大队安排的。"

忽然，老头像想起什么似的，又说："我想问一声，在这里办什么厂？"

水根说："制钉厂。"

老头说："制钉厂不要紧。如果办农药厂，那可不行，这个鱼塘的鱼都要死的。"

老张书记说："你关心鱼塘，就是关心集体，这种精神值得表扬。"

老头说:"我拿集体的工分,也要为集体做好事情吧。"

水根觉得这个老头蛮有责任心,想到有了新厂房需要招一个门卫,眼前的老头倒是一个不错的人选。他对老头说:"等这个厂房造好,你不要看鱼塘了,你给我看门卫室吧。"

老头说:"此话当真?"

水根说:"老张书记也在,让他做证行不行?"

老头说:"如果让我当门卫,你明天来拆我这个小屋,我也让你拆,不会阻拦你们的。"

水根说:"一言为定。"

老头像吃了一颗定心丸,不再纠缠老张书记了。而老张书记一看手表已经快下午4点钟了,他对水根说:"现在我要到大队部,他们应该还都在的,通知大队干部明天开会,我想把制钉厂建造厂房的事马上落实。"

水根说:"我也要去厂里看看。"

老张书记说:"好,我们回去。"

刚转过身,没走几步,水根就看见有两个人朝这里走过来。因为比较远,看不清来人是谁。

水根说:"这两个人会不会是来偷玉米的?"

老张书记说:"大白天的,不可能有人做这种事情吧?"

水根说:"我看出来了,是一个男人,还有一个女人。"

老张书记说:"等我们走近了,就知道他们是谁了。"

估计来人也看见水根和老张书记了,他们竟然掉头就走,而且是飞快地跑掉了。

水根说:"我明明看见两个人朝我们走过来的,怎么眼睛一眨,不见他们的人影了呢?"

老张书记说:"你说的应该是对的,估计他们真的是来偷玉米的。"

水根说："我追上去看看他们是谁。"

老张书记说："他们比兔子跑得快，你赤脚也追不上他们了！"

水根只好作罢。

丁大也和石小兰本想到那一块玉米地约会。当他俩快走到玉米地时，石小兰对丁大也说："你看前面有人。"

丁大也说："真的有人，快往回走。"

于是，他俩转身拔腿就跑。

丁大也跑得比石小兰快。

石小兰一边跑，一边叫喊："你等等我呀！"

丁大也便站住等她。

等她跟上来了，丁大也说："我们分开跑，因为我们一起跑被别人看见不好。"

石小兰喘着气说："那你先跑吧。"

她后悔今天跟着丁大也到玉米地约会，如果约会时被别人撞见，那以后在村庄里怎么做人呢？

因为相隔比较远，丁大也不知道刚才碰见的人是谁，石小兰也不知道。当然，水根和老张书记也不知道转身逃跑的两个人竟是丁大也和石小兰。

丁大也回到大队部，他关上办公室的门，怕有人追过来。

石小兰也回到了大队部，她没有回自己的办公室，而是先去了厕所。

她从厕所走了出来，朝四周张望了一下，见没人，便想找丁大也说会儿话。

这时，老张书记回来了。

"老张书记，你从上海回来啦？"石小兰说。

"下午就回来了，刚刚和水根去看了一块玉米地。"老张书记说。

石小兰这下知道了，原来在玉米地看到的人是老张书记他们啊。她感觉自己真的侥幸，倘若被老张书记看见她和丁大也在玉米地约会，那后果就不堪设想了。她假装镇静地说："你有没有带上海奶油糖呀？"

老张书记说："我和水根没有逛街，一样东西也没有买。"

石小兰说："你经常去上海，以后也带我去上海。我想去上海滩看看，听说那儿夜里热闹得不得了。"

老张书记开玩笑说："我带你去上海，你男人吃醋怎么办？"

石小兰说："我男人不会吃醋的，因为你老张书记为人稳重大方。"

老张书记说："刚才我和水根在玉米地时，看见有一男一女走过来，结果眼睛一眨，他们人都不见了。"

石小兰脸唰地红了。

她说："听说那一块地是坟地，是不是闹鬼呢？"

老张书记唉叹一声，说："大白天的怎么会闹鬼呢？真是活见鬼！"

石小兰问道："大白天的，你们去那种鬼地方做什么呢？"

第二天上午 8 点，老张书记主持召开大队干部会议，丁大也和石小兰都参加了。虽说水根不是支部委员，但也应邀出席会议。

在会上，老张书记说："我们大队的工业后来居上，今年工业产值已经超过娄南大队，这是十分值得自豪的一件事情。但我们不能骄傲自满，而是要一鼓作气，花大力气，把工业生产搞上去，当然农业生产和多种经营也一样要搞上去。今天开会的主要目的是阳光制钉厂建造厂房一事，前几天我和水根厂长到上海走了一趟，上海贵宾愿意借给我们五十万元，支持我们建造厂房。这不是林妹妹从天上掉下来了吗？"

丁大也补充道："这五十万元是制钉厂专款专用。刚才大队会计问我，这钱能不能先拨出来一点去买化肥，我对他说，这是不可能的，如果被上海人知道，他们会生气的。"

老张书记说："当然，这钱全部拨给阳光制钉厂，预算拿十亩地建造厂房，大概需要资金一百万元，缺口五十万元我们只能自己想办法了。"

他喝了一口茶，接着说："昨天我和水根厂长去看了一块玉米地。制钉厂的厂房准备在那里建造，这两天我和水根厂长就会与公社建筑站联系，这个厂房马上会开工。关于制钉厂建造厂房的事与大家通报一下，我也想听听大家的意见，如果对制钉厂建造厂房有不同意见的，现在就可以在会上讲，只要你讲得有道理，我们可以改正！请大家发言。"

水根说："我来讲几句。前天我和老张书记去了上海，上海老总很支持我们建造厂房，他转给我们五十万元是预付货款，到明年这个时候在货款中扣除，所以我感觉自己肩膀上的压力很大，因为明年这个时候如果抽走五十万元，工厂很可能资金周转困难，这是我想向大家说明的。"

老张书记补充说："水根厂长能力很强，这借到的五十万元都是他的功劳，希望在座的各位同志要向水根学习。首先要支持他的工作，因为制钉厂办好了，我们向阳大队的工业就上去了，未来我们向阳大队肯定会比附近几个大队更好的！"

丁大也说："我对农业生产还可以，就工业生产来说，我还是个小学生，还得从头学习。"

大队民兵营长说："大队长，你对农业生产也是比不过水根的。他是农技员出身，防治作物病虫害，没有他不知道的，这一点我蛮佩服他的。当然，他现在办厂了，我相信他也会办得很好的。"

丁大也听他如此说，有点不悦，对他说："现在开会是讲建造厂房，你不要东拉西扯、胡说八道。"

会场顿时没了声息。

向阳大队这次大队干部会议开了近两个小时。会议结束后，水根就走了。

丁大也回到了办公室，石小兰跟了过来。

石小兰说："我男人的事，你有没有对老张书记说呀？"

丁大也说："他那么忙，我没找着机会与他说。"

"怎么会没机会呢？刚才会议结束，你就好找他说的呀？"

"别提这个会议了，民兵营长那小子说我农业技术不如水根，你说他是不是在放屁？"

"他是在放屁，他的话你就一只耳朵进，另一只耳朵出。"

"你也阳奉阴违的，我也不相信你说的话。"

"你眼睛里就没有好人了。"

"俗话说'好人没有肚皮眼'，要不你脱衣服给我看看？"丁大也嬉皮笑脸地说。

"难道你没看过吗？"石小兰撩了撩衣服说。

"看过啊，百看不厌。"丁大也说。

"昨天的事你忘记了吗？"石小兰张望了一下门口说。

丁大也眼睛也望着门口，说："你不要再提这个事情了。传出去对我来说没什么关系，但对你来说，你老公不会放过你的，你后半辈子就没有好日子过了。"

石小兰嘟嘴道："我不是还有你吗，我怎么会没有好日子过呢？"

她走近一步，说："老张书记在办公室，你现在就去找他。如果我男人到制钉厂上班，对我和你都有好处。"

丁大也说："有什么好处？"

石小兰神秘一笑说："我不告诉你。"

丁大也轻轻拍了一下桌子说："你不告诉我，我就不去找老张书记，谁怕谁？"

石小兰又朝门口望了一眼，说："以后我男人去制钉厂上班了，那我们约会你就可以到我家呀，再也不用去玉米地，再也不会那样担惊受怕了。"

丁大也说："去你家里被别人看见怎么办？"

石小兰说："我先回家，你再悄悄地来呀。"

丁大也说："我倒是喜欢在玉米地里。"

石小兰说："你现在就去找老张书记，今天晚上我陪你。"

丁大也说："可以是可以，如果老张书记不答应，今晚你还陪我吗？"

石小兰想了想，说："我陪你！"

丁大也说："我们到哪里？"

石小兰说："你说。"

丁大也说："到大队东村头机房怎样？"

"老色鬼！"石小兰嬉笑着说。

老张书记正在接听电话。整个大队部就只有这一部电话。

丁大也来到了老张书记的办公室，看到他在接听电话，便识趣地退到了门口。

石小兰在不远处望着丁大也，她不明白丁大也怎么不进门去呢。

老张书记看到丁大也站在门口，知道他来找自己，但这个电话很重要，是公社党委朱书记打过来的。朱书记说明天要到向阳大队来，看看阳光制钉厂，现场解决一些问题。

老张书记说欢迎朱书记来批评与指导，并请朱书记明天在大队食堂吃饭。

朱书记说："可以的，你们大队干部吃什么，我也吃什么，不要搞特殊化。"

老张书记说："好的。"

他刚挂好电话，丁大也就走了进来。

"刚才是公社党委朱书记的电话，明天上午他来视察大队制钉厂，并在大队食堂吃午饭。"老张书记说。

"食堂吃饭的事，我来负责，准备三菜一汤可以吧？"丁大也说。

"不用三菜一汤，我们干部吃什么，他也吃什么，这是朱书记特地关照的。"老张书记说。

"我们是一荤一素一汤，朱书记来，这个菜好像少了点。"

"够了，我知道朱书记的脾气，给他加菜，他是要板脸的。如果他一生气走了，那咱们就是拍马屁拍在马腿上了。这种吃力不讨好的事，可千万不要做啊。"

"哎，朱书记也太正派了，其实多吃一块肉，社员群众也不会说什么的。"

"你这样说就不对了，作为一名党员领导干部本就应当作风正派，不能占小便宜，不能做伤害老百姓感情的事。"老张书记当即纠正他的说法。

丁大也没有解释，他想这是一个说话的机会，赶紧把石小兰的事向老张书记说了吧。他连忙说："还有一件事，向书记你汇报一下，这件事也不是关于我的，是石小兰的事，她要我找你说说。"

老张书记说："我与她天天见面，为啥她不找我说呢？"

"这我就不明白了。她好多次对我讲了，我忙，就把这个事情忘了。"

"那她有什么事？你说。"

"不是那个制钉厂要新造厂房以扩大生产规模吗？那肯定要招收干部和工人吧？石小兰想让她男人到制钉厂上班，如果你让他做个干部那是最好，做不上干部就让他做个工人也不错。凭我个人感觉，她男人人品和做事能力都是不错的，所以我也愿意为她找你，请你考虑一下她的这个请求。"

老张书记听完丁大也的话，说："这事让我再考虑考虑吧。"

石小兰的老公叫汪良财，今年三十八岁。汪良财这名字是他祖父起的。据说他祖父是个风水先生，以前在苏州城里混饭吃的。新中国成立后，破除封建迷信，风水先生这个行当渐渐销声匿迹了，他便返回乡里开始务农。

石小兰经常埋怨汪良财："你要是没出息，都白叫你良财了。"

汪良财说："祖父说过，我小时候若不发财，到中年就要发财。"

石小兰说："好，我指望你发财。"

汪良财说："祖父是风水先生，一个人一生命运好不好，他看一眼就看得出来的。"

石小兰说："你讲得不对了。你祖父如果看得那么准，那他怎么会从牛背上摔下来，落得全身瘫痪呢？"

汪良财说："如果祖父不是风水先生，换成是别人，很可能不是瘫痪，而是直接见马克思去了。"

石小兰说："好吧，算我认可你的说法。"

石小兰开始相信老公汪良财会时来运转，中年以后会发财的。

石小兰听说大队制钉厂需要扩大生产规模时，她觉得汪良财发财的机会来了。所以，她千方百计想让汪良财到制钉厂上班。她心想，凭着她与大队长这层关系，说不定能让她男人当上制钉厂副厂长呢。

话说回来，老张书记听了丁大也的话，还说："那听起来他像道德模范。"

丁大也说："反正听说这个人的人品还是可以的。"

老张书记说："仅有人品好是不够的，现在制钉厂需要的是销售人才和技术人才，不是招收什么道德模范。"

丁大也说："石小兰对妇女工作也是挺负责任的。如果让她男人到制钉厂，也可以极大地调动她的工作积极性。"

老张书记说："桥归桥，路归路，这是两码事。如果大队不同意她男人到制钉厂，那石小兰妇女主任的工作就可以不好好干了吗？"

丁大也说："那看在我的面子上，你就答应了吧。"

他是不达目的誓不罢休。

老张书记说："这样吧，我与水根商量一下，看是否要招收生产员工。"

丁大也说："她男人真的很好，你就相信我说的话吧。"

又说："我看让水根主攻外场，让小兰主任的男人负责内场，我觉得这个铁钉厂真的会财旺起来的！"

老张书记说："我要问问水根厂长需不需要这个人，才能答复你。不过，在我看来，他一不是技术人才，二不是销售人才，让他做制钉厂领导，那遭殃的不是一个制钉厂，而是整个向阳大队的工业经济啊！"

当天夜里，丁大也和石小兰真的约会了，地点就在大队一座废弃不用的机房里。

石小兰带了一支手电筒。

她离家时，汪良财问道："天黑了，你去哪里？"

石小兰早已打好了说谎的腹稿，她不紧不慢地说："大队长丁大也与他妻子吵架了。他妻子回了娘家，大队长求我一块儿去把他妻子喊回家。"

汪良财说："你这个大队妇女主任像太平洋的警察——管得太宽了，哪有夫妻吵架，要你去喊人回家的？"

"可他的事我应该帮一把啊，因为他一直在老张书记面前说你的好话，想让你到大队制钉厂上班去。"

"哎，让我到制钉厂上班，做个小工人，也没什么劲。"

"你不用叹气，很可能会让你做制钉厂的副厂长，或者车间主任。"

"如果是这样，我要向大队长叩三个响头，谢谢他！"

"我晓得的，我会谢他的。"

"你怎么谢他呢？"

石小兰伸手拍了汪良财肩膀一下说："我买两瓶老酒给他送去。"

"最好我陪他喝酒。"

"到街上饭店里吗？"

"饭店里花钱多，吃不到什么东西，还是在家里吧，你做的红烧肉天下无敌，我陪他喝几盅。"

"这个可以考虑。"石小兰险些笑出声来。

石小兰转身往门外走。汪良财又大声叫住她："天这么黑，带好手电筒！"

石小兰说："走到外面，我也想到了。"

她拿了手电筒，对汪良财说："你早点睡觉。"

汪良财说："我要等你回来。"

石小兰说："我还不晓得几点能回来。"

汪良财说："即使你10点回来，我也要等你！"

石小兰说："要是太晚了，你就先睡觉吧。"

说完，她拿着手电筒冲出门外，她的一颗不安分的心早已飞到了那座废弃的机房里……

她开始是打着手电筒的，没走多远她就把手电筒关了，一则她对村庄路况熟悉，二则她担心手电筒的光亮会被别人注意到。

居然是石小兰先到了那个机房里。她还是不敢打开手电筒，只感觉脸上好像粘着什么东西了，她用手一抹才发觉是蜘蛛网。她从小是在乡下长大的，自然对蜘蛛并不惧怕。

石小兰又走出了机房。

河边有一棵杨柳树，她就靠在树上。

她看见一个黑影出现了。

那个黑影越来越近。

但她不敢确认那人就是丁大也，所以默不出声。

当那黑影走到机房里，她才走了过去。

两个人一下子抱在一起。

丁大也说："我问你，我是你第几个男人？"

石小兰说："你是我第二个男人，汪良财是我第一个男人。"

她忽然想起了什么，问道："我老公的事，老张书记有什么说法？"

丁大也说："他说要与水根厂长商量一下，我估计你男人进制钉厂不会有问题。但他想做领导的话，就可能要打一个问号了。"

石小兰说："你是说我老公当不上制钉厂领导？"

丁大也说："这个事情还没有确定。我对老张书记讲了你老公的事，他问我你怎么没有直接找他。"

"你怎么回答他的呢？"

丁大也说："我说你脸皮薄，开不了口。大概就是这么说的。"

石小兰说："你说我脸皮薄，他不会相信的，我每天要对男社员女社员做大量的解释工作，这个脸皮早已变得很厚了啊！"

丁大也说："这个事情先放一边吧，反正你的事就是我的事，我不会不管的。"

匆匆完事后，他俩离开了那座机房。丁大也想叫石小兰到河边坐坐，石小兰说："我老公在等我回去。如果回去太晚了，他要不高兴了。"

丁大也说："你这时候回去，他肯定要抱你的吧？"

石小兰说："可能吧。"

她又问："你回家也会抱你老婆吧？"

丁大也十分干脆地回答："不抱了。"

石小兰说："她要抱，你还不抱她吗？"

丁大也说："她半老徐娘了，又不像你青春玉女。"

"你说什么，我不明白！"石小兰真生气了。

"我说你是青春玉女，如宝玉一般珍贵的女子。此话我说错了吗？"

"你没错，是我理解错了！"

两个人又在路边亲热了一番。

"好了，我真要回家了。"石小兰说。

“我送你一程吧。”丁大也说，“明天公社党委朱书记要来我们大队。中午他要在我们大队食堂吃饭，这个事情由我负责，所以明天一早我要与食堂确认一下。”

　　石小兰说：“公社书记下来吃饭，那肯定有好吃的菜，中午你给我留点好菜吧。”

　　丁大也说：“这位公社党委书记还想往上爬，所以他到各个大队都不会大吃大喝。”

　　“那他吃什么？”

　　“大队干部吃一荤一素一汤，他也一样。”

　　“我很好奇，像这种廉洁的干部，会不会有情人呢？”

　　“我想会有的。”

　　“你凭什么这样说？”

　　“老话说得好，自古英雄难过美人关，若不好色非英雄。哈哈……”

　　“那么，我问你，老张书记有情人吗？”

　　“我还真没发现他有，要不下次你勾引勾引他？”

　　石小兰伸手打了丁大也肩膀一下，说：“叫你老婆去勾引他吧。”

　　第二天上午尽管下雨，公社党委朱书记仍然来到了向阳大队。

　　他和李副主任一块儿坐三轮摩托车过来的。

　　把他俩送到，三轮摩托车就走了。因为整个公社只有一辆三轮摩托车，还有其他下乡干部需要这辆车子接送。向阳大队有机挂船，等他们回去时可以坐机挂船。

　　朱书记和李副主任虽然穿了雨披，但身上的衣服还是被淋湿了。

　　老张书记说：“你们衣服湿了，食堂有土灶头，可以到食堂烘干衣服。"

朱书记说："外套潮湿一点，里面衣服没潮，没有什么关系。"

李副主任拍拍胸脯说："下点雨，对庄稼好，所以这是一场好雨。"

朱书记说："先到制钉厂看看，然后再到这个大队部。"

老张书记找了两把雨伞递给朱书记和李副主任。

接着，老张书记领着他们朝阳光制钉厂走去。

老张书记介绍道："这个月，制钉厂新的厂房就要开工了，因为现在的厂房太小了，没有一点发展的空间。"

"是在原地翻建吗？"朱书记问。

"另外找了一块空地建造厂房。"老张书记回答道。

"如果另外建造厂房，就要造得高大点，不要刚刚造好了，就感觉落后了。"朱书记说。

"不会的。"

雨仍在下。

他们撑着雨伞，行走在雨里。

水根已经在工厂门口等候了。

老张书记介绍道："这是我们制钉厂林水根厂长。"

朱书记对水根说："你还年轻嘛，事业就是像你这种年富力强的年轻人干出来的。"

一行人来到了车间里。

水根说："现在我们的铁钉全部由上海的一家公司包销，这个销售没有什么问题。"

朱书记问："货款回笼情况好不好？"

水根说："很好，我们发出的货物都是如期收到货款的。"

李副主任发现车间地上有一摊水，问道："这是哪里来的水？"

水根说："屋顶漏雨，刚修过又漏雨了。"

朱书记说："争取最快时间把新厂房建造起来，同时我有一个好消息想告诉你们。"

他弯腰拾起一枚铁钉，对大家说："我们公社与各个大队要通公路了，第一批有三个大队通公路，你们向阳大队就在第一批通公路的名单里。"

老张书记激动地说："感谢上级领导对我们大队的关怀！"

朱书记说："应该感谢党和人民政府！"

老张书记说："对，衷心感谢党的英明领导！"

水根对李副主任说："公路通了，那上海客商的车子就能开到我们厂里了，真好！"

公社党委朱书记和李副主任坐机挂船走后，老张书记与水根又开始商量一些事情。

老张书记说："我们大队马上就要通公路了，这是一件盼望已久的大好事情。我们再把制钉厂的新厂房造起来，我们村的工业一定会有新的发展。"

水根说："如果通车了，我打算买一辆卡车，这样往上海送货就快捷和方便多了。"

老张书记说："只要工厂发展需要，车辆、机器设备，需要的都应该配备。"

水根说："现在添置机器也没地方放置，等新厂房造好后，那肯定要再添置一些机器。对了，这个新厂房什么时候开始施工？"

老张书记说："今天我与李副主任打过招呼了，他说会让公社建筑站马上派队伍过来。我想关于这个施工，我们也得找一个专人管理，以确保工程质量和进度。如果你有时间，你可以兼任施工管理员的。"

水根想了想说："最近我一直是自己往上海送货，每天把时间耗费在机挂船上了，也没有时间看管建筑施工。"

老张书记说："那就另找一个人看管吧。那找谁呢？你有合适的人吗？"

水根说："还是你们大队安排吧。"

老张书记说："大队长一直在推荐小兰主任的老公，说制钉厂没有副手，可以让他做副手，但我觉得现在制钉厂规模不大，安排个副手没什么意义，你看有这个必要吗？"

水根说："连我在内，制钉厂不到十个人，配备一个副手有点浪费资源了。这是我的看法。"

老张书记说："那你觉得小兰主任的老公这人怎么样？"

水根说："他做过生产队农技员，工作还是可以的。"

老张书记说："我看这样吧，就让他暂时负责制钉厂厂房基建，你看行不行？"

水根说："这个还是由大队支部委员会来决定吧。"

老张书记说："那好吧，这个事情我就在支部会上讨论吧。"

这时，有人来找老张书记，说六队队长和一个男社员打架了，现在他们还在大队部扭打在一块儿，拉也拉不开。

老张书记说："我去处理一下，这个队长是个急性子。有些事情需要慢慢来，心急吃不了热豆腐。"

水根说："对，炒虾等不得红，性子太急躁，那可不好！"

等老张书记走了，水根站在原地发呆，在水根心里，老张书记是一位正直的干部，但他为何会顺从大队长丁大也和大队妇女主任石小兰呢？他们俩名声可是有点不太好呀！水根一时有点想不明白。

那块玉米地的小屋拆掉了，在鱼塘对岸重新建造了一间小房子。

水根原来想让那老头做门卫，但了解到老头精神有点问题，便放弃了这个想法。

阳光制钉厂的新厂房破土动工了。

汪良财，即石小兰的老公，如愿以偿地负责阳光制钉厂的基建。因为这是大队支部委员会做出的决定，水根也只好顺水推舟。

石小兰可高兴了。

那天上班后，石小兰推开了丁大也的办公室，她居然称丁大也"亲爱的"。

丁大也说："不要这么叫，被人听到可不好！"

石小兰说："那我怎样感谢你呢？"

丁大也说："不是说你男人要请我喝酒吗？"

石小兰说："那我也想叫老张书记、水根厂长一起到我家喝酒，你说可以吗？"

丁大也说："你是应该请大家喝一顿酒，但这顿酒不应该安排在家里。没有不透风的墙，被群众看见一群大队干部在你家大吃大喝，如果把此事反映给公社党委，这可是捅了马蜂窝了。"

石小兰说："你说的有道理，我听你的。"

丁大也说："这一顿酒可以安排在街上的饭店里，也不要大饭店，找家小饭店就行，反正大家都是乡下人，吃喝不讲排场的，只要经济实惠就行。"

石小兰说："我对街上饭店不熟，你有熟悉的饭店吗？"

丁大也说："我有熟悉的，但熟悉的饭店我不想去，因为在那里会遇到许多熟悉的人，说不定还会遇到公社领导，所以我的意思还是找偏僻点的小饭店。"

石小兰说:"那这个饭店我就拜托你去联系了。"

丁大也走近她,伸手抱住她,说:"行,我来联系,你放心。"

石小兰说:"不要这样,这是办公室,会有人来的,你快放开我。"

丁大也说:"抱一会儿。"

石小兰说:"你今天想到哪里去呀?"

丁大也说:"到生产资料部联系买一批竹子,顺便给你找一找饭店。"

石小兰说:"你怎么去街上呀?"

丁大也说:"我叫机挂船。"

石小兰说:"那让我搭船,我有事要到公社妇联去。"

丁大也说:"好啊,我们现在就走。"

外面传来脚步声,丁大也连忙推开她,若无其事地坐在办公桌后的椅子上。

石小兰伸手捋了一下头发,说:"我去拿一份资料,你走时叫我一声啊!"

在机挂船上,丁大也和石小兰没有坐很近,因为有机挂手在船上。

丁大也说:"你到妇联一上午事情办得好吗?"

石小兰说:"很快的,我把这一份育龄妇女的表交了就好了。"

丁大也说:"我去生产资料部办事也很快的,那这样吧,中午我请你吃饭。"

石小兰说:"应该我请你吃饭,你帮了我很大的忙。"

丁大也嘻嘻一笑,说:"吃个饭,你请我请都可以的。"

石小兰说:"好啊,有没有地方?"

丁大也说："人是活的，可以找。"

石小兰指指机挂手，轻声说："他怎么办？"

"他送我们到街上，我再叫他回去。"

"那我们怎么回去？"

"我背你回去。"

二人偷偷地说……

机挂船开到公社码头放下丁大也和石小兰，就回去了。

丁大也对石小兰说："你先去妇联办事，我在这里等你。"

石小兰说："好，我速去速回。"

丁大也看着石小兰渐行渐远的背影，他寻思：到哪里可以抱她呢？到电影院吧，白天不放电影，要晚上才放电影；到旅馆吧，都是认识的，等于把自己找情人的丑闻大白于天下。

他一时没了主意。

石小兰很快回来了。

石小兰拍了他肩膀一下，他才回过神来。

她说："你在想什么呢？"

他直言不讳："我在想到哪里抱你。"

石小兰说："到哪里呀？"

丁大也说："一时没想出来。"

石小兰说："我倒有一个地方，但不知道你敢不敢去。"

"你说。"

"我老娘那里。"

"啊，你娘一个人住吗？"

"是啊，她一个人住。"

"那我去，你怎么对你娘说呢？"

"我就说大队长喝醉酒了，过来休息一下，我娘不会说什么的。"

"那行，远不远啊？"

"还好，不到一公里吧。"

"那好，我们现在就去。"

"你不是要去生产资料部办事吗？"

"没关系的，我明天去办也行的。"

果然，石小兰的母亲没有盘问什么，就让他俩进屋子里去了。老人家搬了一个小凳子若无其事地坐在门口，她手里拿着一把扇子轻轻地摇着……

丁大也先从屋子里走出来，摸出一张十元钞票递给老人家，老人家说什么也不要。石小兰也走了出来，见此情景，对母亲说："娘，收了吧，没有关系的！"

汪良财本来是一介农民，现在摇身一变成为阳光制钉厂基建负责人，这下惹得一个人不高兴了，那个人就是丁大也的外甥王大男。有一天，王大男来到建筑工地，他对汪良财说："大哥，你现在有饭吃，兄弟在讨饭，你给我一口饭吃啊！"

汪良财说："我没有实权，也是混一口饭吃。"

王大男说："我家里要盖一间小屋，你给我送些砖头、水泥和石沙。"

汪良财说："我没权力送你这些东西啊！"

王大男说："我晓得的，建筑站站长都请你喝酒的。你以为我不知道吗？"

汪良财说："我与建筑站站长是喝过一顿酒，但那是与大队几个领导一起，还有你舅舅，一块儿喝的，又不是请我一个人喝。这个事实你弄清楚了吗？"

王大男说："我不管你这些事情，你给我一句话，我要砖头、水泥和石沙，你给不给？"

汪良财竟然怕他了，便对建筑站站长说了此事。

站长说："这种小地痞得罪不得的，他要这些东西就给他。"

汪良财说："他是我们大队长的外甥。"

站长说："大队长怎么有这种素质的外甥呢？"

汪良财说："他什么无赖事都做得出来，我就是怕他来剪电线，来捣乱，搞破坏。"

站长说："那就给他一点砖头、水泥算了。"

站长又把这事与水根说了，水根却不同意给王大男这些东西。

汪良财却偏偏要给他，说："一言既出，驷马难追。不给他这些东西，我以后还怎么做人？"

水根说："这些东西是集体的，你怎么可以随便送人呢？如果这个人来要一点东西，那个人也来要一点东西，我们制钉厂这个厂房还要不要造？"

汪良财说："现在大队叫我管基建的，我有权力这么做。"

水根说："我承认是大队让你管基建，但这个厂不是你汪良财一个人的，是全体向阳大队村民的。如果你把这些东西送给他人，就等于贪污集体资产，你不明白这个道理吗？"

水根就去大队部找老张书记反映此事。

老张书记明确表态：集体的砖头一块也不能送人。

老张书记对丁大也说："汪良财要把集体的东西送给王大男，为此事林厂长和汪良财都吵起来了，我看这事你最好出面把你外甥教育一下，不可以伸手拿集体的财产。"

丁大也在老张书记面前拍案而起："这小子，竟拆他娘舅的台！"

丁大也就是一个两面人，他在老张书记面前装得铁面无私，而在王大男面前又是另一副模样了。他对王大男说："你要一点砖头、水泥，这种小事情搞得天上都晓得，真是做事不动脑筋的。"

王大男说："我偷偷找汪良财，谁知道这畜生去问建筑站站长，结果被林水根知道了，林水根便找汪良财说话了。"

丁大也说："归根结底还是你不好，这种事情你找我，我叫人直接给你送过去。"

王大男说："那你也得经过汪良财啊！"

丁大也说："不用经过他。大队有的，我关照做活的人给你送些砖头、水泥和石沙，就说某个生产队修沟渠、修机房，这个事情不就解决了吗？"

王大男不由得伸出大拇指，说："娘舅，还是你水平高！整个向阳大队，我不佩服别人，就佩服娘舅你一人！"

丁大也说："我私下对你说，向阳大队早晚是你娘舅的天下，老张书记快下台了，做大队书记的百分之百是我，所以你现在要夹着尾巴做人，做事需要好好想一想，不要给娘舅出难题，知道吗？"

王大男说："娘舅，外甥总归是听娘舅话的，你叫我往东，我决不往西。"

丁大也说："那你也不要去找汪良财说话了，这事就当西北风吹过——过去就过去了。"

可是这件事情却让水根认清了一个人。水根原来以为汪良财是个老实人，是个吃苦耐劳的人。现在发觉此人做事，一没有原则性，二是见风使舵。

水根把这一想法对老张书记和盘托出。

水根说："制钉厂新厂房快建好了，不过，汪良财这个人我可不想要。"

老张书记说："他本质不坏，关于王大男要砖头、水泥这件事情，倘若追究责任也不能追查到汪良财身上，因为他还向建筑站站长请示过，可见他还是有一定的集体观念，问题主要出在他原则性不强。"

水根说："如果让他来做个职工，他有原则性好，没有原则性也好，这无关紧要的，但他想来做一个领导，做事又没有一点原则性，以后遇到问题他怎么处理？"

老张书记说："都怪我，当初不应该答应汪良财管基建的。对他的工作安排，我与大队长再商量一下。哎，这个人真是个麻烦制造者。"

不到五个月时间，阳光制钉厂新厂房就建造好了，向阳大队的公路也通车了，真是双喜临门。听说阳光制钉厂通车了，上海吴经理十分高兴，他打电话给水根，说要过来看一下。

水根说："现在新车间空荡荡的，过两天会有五台制钉机到，那时新车间看着会充实一些。"

吴经理说："那等新制钉机到了，你通知我，我再去。"

水根说："好的，等你来！"

让水根没有想到的是这边向阳大队部却闹翻了天。

老张书记听取了水根的意见，觉得汪良财若到制钉厂很可能会引起风波，就是说水根与汪良财会产生新的矛盾。因为他俩自从上次争执后还没有说过话，所以，老张书记找汪良财谈话，告诉他制钉厂基建结束，给他另外安排工作。

汪良财情绪很激动，他反问这样安排是谁的主意。

老张书记说："因为上次你和水根厂长争得面红脖子粗，现在要你们在一个厂工作肯定不行，他领导不了你，你也不听他的话，这样下去这个厂就乱哄哄的。"

汪良财说："可以调走他啊。"

老张书记说："他是能人，造厂房的五十万元都是他从上海朋友那里借过来的。"

汪良财说："老张书记啊，你不要往他脸上贴金了，你以为我不知道，这个五十万元是你亲自到上海借过来的，你现在竟然张冠李戴，你这是什么意思？"

老张书记说："这个事情是我亲身经历的，难道你比我还清楚吗？你不要凭空想象、混淆视听。"

汪良财说："不管怎样，我爬也要爬到制钉厂。"

老张书记说："你，不好好做人，要做狗吗？"

汪良财手指着老张书记，大声说："你是堂堂大队党支部书记，你竟然骂我是狗，今天我不让你太平，我要叫人评评理，你踩我也没有这样踩的！"

老张书记说："我哪里骂你狗了？"

汪良财咆哮道："我听得清清楚楚你骂我是狗，你有种骂我，为什么没有种承认！"

老张书记却很有耐心，并没有对汪良财咆哮，而是平静地对他说："你坐下来，这样大声说话不能解决问题。当然你有说话的权利，但我是党员干部，你是干部家属，我们这样争吵，对大家都没有什么好处。"

不知道为什么，汪良财听到老张书记如此说，说话声音明显低了许多……

解铃还须系铃人。老张书记想，汪良财是去还是留，还得找丁大也和石小兰，当初是他俩极力推荐汪良财的，而且他俩一个是大队长，一个是大队妇女主任——石小兰还是汪良财的女人。

老张书记先找了丁大也。

当老张书记讲起自己与汪良财发生了口角时，丁大也假装什么也不知道，装作义愤填膺的样子，说："汪良财这个人，有点好坏分不清，而且太不会说话和做人。"

老张书记说："他和水根厂长之间矛盾不小，让他进制钉厂肯定不行，如果水根厂长甩纱帽的话，那这个制钉厂没人能够接收得了。"

丁大也说："问题是，我们曾经讲过等基建结束后让汪良财到制钉厂的，现在又不让他进制钉厂，这样一想，他有点情绪也是情有可原的。"

老张书记说："这不能说是我们不好，是汪良财自己没有做好，这完全是他自己的责任。"

丁大也说："我也说过他，但他就是这样的人，总之，这个人脑子简单，不会做人。"

老张书记说："我倒是有一个想法，不知道你有什么看法？"

丁大也说："有什么想法，你说给我听。"

"下个月，萝卜浦要开辟河道了，我们大队需要去几十个人，按照公社要求，由大队长带队。我看这一回就让汪良财带队，这一回开河时间跨度长，大概要十个月，而且吃住要一直在开河工地。你看让汪良财去行不行？"

丁大也内心欢喜万分，他想，汪良财要是去了开河工地，自己不就随时可以与石小兰约会了吗？这个主意真是好极了，但他不动声色道："这个还得与汪良财商量，看他愿意不愿意了。"

老张书记说："如果他不愿意去开河工地，也没有其他地方可去啊！所以，你给汪良财做做工作，当然我也会找石小兰主任谈一谈，希望她也做做汪良财的思想工作。"

丁大也说："那先这样吧，我去找他谈一谈。"

老张书记说："还有一句话请你转告他，请他不要去找水根厂长的麻烦。找水根厂长的麻烦，就是找我们大队的麻烦，说得再严重一点就是找公社党委的麻烦。如果造成什么后果的话，他会收不了场的。"

丁大也点头说："我会转告他的，他要是不听的话，那他也就是无可救药了。"

听了老张书记的话，丁大也喜不自禁，心花怒放。老张书记拟安排汪良财去开河工地，丁大也表面上没有说"支持""同意"之类的话，但他心里早已有了一个答案，那就是顺水推舟。

丁大也对石小兰说："老张书记找你谈话了吗？"

石小兰说："没有啊，他找我有什么好谈的。"

"他与我谈了，是关于你老公的工作安排。他说这个事情让人头疼。"

"头疼？我老公就是想去制钉厂，其他地方他都不想去。"

"问题就出在这个上面，本来大队有意向让你老公到制钉厂的，我看让你老公做副厂长估计都没什么问题，但现在问题不是出在别人身上，恰恰是你老公自己，他太不会处理问题。"

"我老公有什么问题？"

"这个要我说吗？大队让他管制钉厂基建，就是给他机会了，但他与水根吵架，你说这是不是他没有眼色？"

"按照你的逻辑，这事还得怪到你外甥头上，他不找我老公要砖头和水泥，不是一点事情也没有了吗？"

"现在事情已经发生了，也不要去怪张三李四了。现在老张书记想出了一个折中的办法，想叫你老公去萝卜浦开河工地。让你老公带队，这也是从侧面表明，他是大队干部培养对象了，以后可以提拔他当大队干部的。你明白我的话吗？"

石小兰点了点头，说："我听明白了，你是说以后我男人会当大队干部？"

丁大也说："事实摆在这里，向阳大队只要老张书记一走，这个党支部书记的位置非我莫属，没有第二个人可以胜任这个位置，到时我有权力提拔你老公的。"

石小兰说："我相信你的能力！"

丁大也说："是金子总会发光的。我就是一块金子，以后向阳大队就是我说了算！"

石小兰说："可我有个疑问，你若提拔我老公做大队干部，那我们夫妻俩不都是大队干部了吗？对此，村民们会怎么看呢？"

丁大也走到她面前，伸手摸了她一把，说："在向阳大队我是一把手，这些小老百姓掀得起什么风浪？"

石小兰拍了他的手一下，说："你正经点，大白天的，被人看见不好。"

丁大也说："就让你老公去开河工地吧，这样我们夜里约会就没有拦路虎了。"

石小兰说："我看你就是自私自利！"

那一天，吴经理来了，开了一辆吉普车，随行的还有两个同事。

水根早已在传达室等候，当看到吴经理从驾驶室出来时，他非常惊讶和羡慕，心想：原来吴经理还会开车啊。水根走上前去，对吴经理说："吴经理，你辛苦！我今天才知道你还会开车，真有本事啊。"

吴经理说："阿拉在法国待过一年，在法国学会开车的。你也可以学开车，开车一学就会的。"

水根说："我的车子还在天上飞呢。"

吴经理说："将来你肯定要买车，有车送货很方便的。"

水根说："没钱。"

吴经理说："那阿拉借钱给你。"

水根说："让我再考虑考虑，还不知道我能不能学会开车呢。"

吴经理说："没读过书的人都学得会开车，学开车比你做铁钉简单多了。"

水根说："好，那我先学会开车，再考虑买车。"

接着，水根领着吴经理他们来到了新的制钉车间。

车间里摆放着十台制钉机，师傅大阿弟正在调试一台机器，看见吴经理走过来，他摊开手，说："吴经理，侬好（江浙沪一带方言，就是"你好"的意思），阿拉手脏就不握手了！"

还没等水根介绍，吴经理就对大阿弟说："侬是那位上海退休的师傅吧？有侬在阳光制钉厂，阿拉就放心啦！"

大阿弟说："阿拉也是上海人，退休后也要为阿拉上海多做贡献！"

水根对吴经理说："上海退下来的老同志真的不一样，素质高，早晨上班比一般员工都来得早，是我们阳光制钉厂的劳动模范。"

吴经理说："对这样有技术又有责任心的老同志应该多给予物质

奖励。"

水根说："他喜欢钓鱼。大队批示，厂区旁边的鱼塘，大阿弟想吃鱼时随时可以过去钓鱼。"

吴经理说："啊，这个办法好，阿拉也是钓鱼爱好者，但现在事务忙，已经好久没有钓鱼了，以后有时间阿拉也到这里来钓鱼，钓鱼可以修身养性。"

水根说："好的，好的，你随时来都欢迎。"

听说吴经理来了，老张书记也赶了过来。

吴经理一见到老张书记特别高兴，他说："老张书记，你是实干家，这一条公路通车了，这个厂房也造了，而且这个厂房比我想象的还要宽敞。"

老张书记说："这个公路是公社拨款修建的，我们公社党委对发展工业特别支持。而我们制钉厂这个厂房全靠你的支持，没有你借钱过来，哪有眼前这么宽敞的厂房啊！我代表向阳大队全体社员向你和贵公司表示衷心的感谢！"

一行人又来到了另一个车间，这个车间空荡荡的，一台机器都没有。

水根说："吴经理，我想在这个车间上一个新项目，但不知道上什么项目好，我想听听你的建议。"

吴经理说："说实话，你们这里技术还是落后的，想上一个有一点技术含量的项目应该会有很多困难，所以选择项目时应该选择简单、容易和快捷的，简称'简易快'。"

水根说："是啊，有朋友介绍我开车床加工厂，我却不敢上，主要是这里没有一个人会车工，一时我也不知道上哪儿去找车工。"

吴经理说："车床加工还是比较简单的，以后制钉厂可以朝这方面发展，因为阿拉也有许多车床加工类的需求，比如阿拉每年会销售很多螺丝、螺帽，都是靠车床加工做出来的。"

水根说："那现在这些螺丝、螺帽都是由哪个工厂在加工呢？"

吴经理说："是浙江淳安一家工厂，那里离上海很远，有时候他们进度跟不上，阿拉的意思还是想在苏州、无锡、常州一带找生产厂家。"

水根说："那我想上这个项目。"

吴经理说："你现在有这么宽敞的厂房，如果上这个项目，只要添置几台车床、轧床就够了，关键还是没有车工的问题，你到哪里去找车工呢？"

老张书记问道："吴经理，哪里有车工培训呢？"

吴经理说："这个上海有的，阿拉可以联系一下。不过，现在联系不了，要等回上海后才能联系。"

老张书记对水根说："如果真要上这个车床加工项目，那我们就找吴经理。我们在大队里选有意向的年轻人到上海去培训。"

吴经理说："据阿拉了解，培训车工有工厂培训和学校培训两种形式，一般的车工三四个月就学会了。"

水根说："如果十几天就能学会车工，我也去上海学。"

吴经理笑道："林厂长，如果你做车工，那就是大材小用了。"

水根说："多一门技术，多一条路。"

吴经理说："现在这里通车了，你倒是可以去学开车。按照这样的发展速度，这个制钉厂很快就壮大起来了，一辆车子还是少不了的。"

水根说："吴经理说得对，等我先把驾驶证拿到了，再考虑买一辆小卡车。"

吴经理说："阿拉个人看法，你不要买小车，因为小车只能坐几个人，若真的想买车子，就买双排座车，既可送货，又可坐人，可谓一举两得。"

十天之后，汪良财要去萝卜浦开河工地了。临走前，汪良财有事去大队部，丁大也给他泡了一杯茶，对他说："萝卜浦开河工地是你人生的转折点，你在那里好好干，以后这就是资本。"

汪良财说："我会好好干的。"

丁大也走到门口张望了一下，说："你有没有听到有关老张书记的小道消息？"

汪良财说："没有。"

丁大也说："我听说他要调走了，不过还不是正式消息，所以你也不要对其他人讲。"

汪良财说："我不会讲的。"

丁大也说："我老早就盼望他走。他走了，我就是向阳大队的一把手，到时，向阳大队就是我的天下。只要你听我的话，我们就是自己人，我肯定会重用你的。"

汪良财说："我想做制钉厂厂长，你会答应吗？"

丁大也说："水根这赤佬（吴语方言，此处相当于"家伙"，略带贬义）不听我的话，我当然会给他颜色看看。"

汪良财说："他跟老张书记是一路人，你一定不能用他。"

丁大也说："他如果脑子拎不清，我会将他撤职。"

汪良财说："我也受过他的气。你把他撤职，就算解了我的心头之恨！"

汪良财回到家里，把丁大也的话对石小兰说了。

石小兰说："老张书记很可能要调走了，我听好多人都这么说。我估计接替老张书记位置的应该是丁大也，目前向阳大队找不出第二个人可以做大队书记，我也看好他。"

汪良财说："丁大也对我说，如果那时候水根这个赤佬不听他的话，他就要将水根撤职，推荐我做制钉厂厂长。"

石小兰说："做制钉厂厂长也是有难度的，但做厂长的眼里应该有大队长这样的干部，不应该像水根那样眼睛里没有大队长这个角色。"

汪良财说："大队长对我好，我记在心里。"

石小兰说："你在萝卜浦开河工地好好表现，这是给你的一个机会。只要老张书记调走了，大队干部或者制钉厂厂长，都由你自己选择！"

汪良财说："时间不早了，这次出去要六个月，还不知道中间能不能回来。"

石小兰说："那现在抓紧时间睡觉吧，让我今晚好好陪陪你！"

她忽然想起了什么，对汪良财说："我可关照你啊，在那种地方不要随便跟女同志开玩笑。有的女同志可能怕苦怕累，会缠着你派轻松点的活。你可不能与她们打成一片，若被我知道，我不会放过你的！"

汪良财说："我不是那种轻浮的人！"

水根和老张书记俩人看到有一个大车间空闲着，想把这个车间利用起来。

那么，做什么产品好呢？

水根内心也没有想好。

吴经理知道了水根的心思，了解到一家洗衣机厂需要加工洗衣机轴，便把这个消息告诉了水根。

第二天，水根就来到了上海。

水根想请吴经理一块儿去那家洗衣机厂，但吴经理说："你自己去找销售科赵科长，阿拉与他们沈副厂长讲好的。你先去看看他们厂，他们会给你图纸，如果你能做，可以做他们的供应商。"

水根便去了洗衣机厂，找到了赵科长。

赵科长问："你们有几台车床？"

水根心里有些慌，自己厂里可是一台车床也没有，但说没有车床的话，显然这个生意难接，于是他就说："八台。"

赵科长说："都是什么车床？"

水根做了制钉厂厂长后，买了业务相关书籍读过，所以他对车床基本知识有点了解，他回答道："CA6140型普通车床，还有几台仪表车床。"

赵科长随即从文件夹里拿出几张图纸说："这种轴能加工吗？"

水根想，自己厂里没一台车床，这种轴做不出来，但周围肯定有工厂可以做这种轴的，所以他眼睛一闭说："可以做的。"

赵科长说："你看图纸要求，这个轴要求精确度很高的，最后还要淬火，你报一个价给阿拉。"

水根说："让我把图纸带回去可以吗？"

赵科长说："可以，你尽快报价来，因为这是新品，就要投入试产的。"

水根说："我回去就给你报价。"

水根当日就赶回苏州，在街上买了一条香烟后就去找附近一家五金厂的王厂长。王厂长对车工是内行，他说："做这种轴看上去简单，但车床、铣床、磨床都要使用到，最后还要淬火，像这种产品，量少的话是不划算的，量大才有利润。"

水根说："这是洗衣机上用的，所以量不会少的。"

王厂长用计算器算了一下，说："这一根轴需要钢材原材料，加上车床、铣床和磨床加工，还有淬火成本，加起来两元左右，我看三元钱可以接下来。"

水根是非常相信王厂长的。

第二天，他就打电话给赵科长，把报价给他了。

谁料，没过几日，赵科长就打电话给水根，让做十件轴的样品送过去。

接到这个电话，水根的双腿都发抖了，他的大脑一片空白，不知所措。

水根只好又去找王厂长，请他先帮忙做十根轴。

水根很急。王厂长却不紧不慢，他说："如果这个轴介绍给我做，我可以给你业务介绍费，这个样品可以免费。但你自己做的话，这个样品我是要收钱的，所以你要我做可以，但不知道你愿意付我多少加工费？"

水根说："我报价每件三元，这些钱全都给你。"

王厂长说："这个价格可以，但你至少下单做五百件。"

水根说："万一上海更改图纸，剩余的轴报废了，那算谁的损失？"

王厂长说："这个没办法，这个损失你自己负担。"

最后，水根和王厂长讲好先做二十件样品，每件价格十五元。

王厂长说："收你五百元都亏本的，主要数量太少。"

几天后，水根拿着十件样品去洗衣机厂。

水根找到赵科长，正好碰见他在科室发火，只好在门口等他。大概赵科长看到水根了，走出来与水根打招呼，说："你把轴送给检验科，让他们去检验。"

水根说："这个样品如果检验通过，那以后还有没有订单？"

赵科长说："倘若样品通过怎么会没有订单，阿拉难道没有事情寻你开心吗？"

水根拿了样品来到检验科。检验员是个女的，她并不认得水根，便问："你找谁？"

水根说："我送样品过来检验。"

女检验员说："你哪个单位呀？"

水根说："我是苏州吴县（现苏州市吴中区、相城区）阳光制钉厂的。"

女检验员说："那你给阿拉。"

水根说："那今天会有结果吗？"

女检验员："先检验尺寸，如果符合图纸，还要拨给压铸厂家生产三脚架，大概需要半个月时间吧，有结果阿拉会及时通知你的。"

水根说："尺寸能否现在就检测？"

女检验员说："现在阿拉没空，其他人也都在忙着，你把轴放在这里，就没你的事了，你忙你自己的事情去。"

水根感觉她说话口气不对，便放下轴走了。

水根寻思，如果这些样品检验合格，接下来就要做小批量生产，那时又找谁来生产这个东西呢？如果赵科长提出要看看生产车间，那又该如何是好呢？

他带着满腹担忧回来了。

他来到大队部，找到老张书记，说了目前这样一个情况，他想问一下老张书记，要不要自己添置机床设备。老张书记一听，二话不说，道："就自己买机床吧，即使不做这个洗衣机轴，也可以做其他零件的。"

水根高兴地说："明天我就去买机床！"

水根明白，上海洗衣机厂是一家大厂。能够做他们的供应商，这是一个千载难逢的机会。

其实，水根已经从那个五金厂王厂长那里学到了一些经验，他心里知道加工这种轴需要添置什么机器。

于是，水根找到机床经营部。

水根拿着那根轴对他们说："我要做这样一根轴，你们看添置什么机器好？"

经营部经理五十多岁了，姓孙。他原来是一家国营厂的技术员，对车工相当熟悉。

孙经理说："这个机器我卖给你了，就不可以退的，所以我还是先提供一个方案给你，保证不影响你要货，等以后你这个零件要批量生产了，你再来买机器。"

水根连忙说："那很好啊！"

孙经理说："像这种五金加工老板我认识很多，我给你介绍一位老板，本地人，这个轴你可以叫他先做起来。"

水根说："可上海要派人来看厂的呀。"

孙经理说："这好办，就说这是你们的厂，是联营厂。"

水根说："万一被他们看出破绽那就不好了。"

孙经理说："不存在这个问题的，他们只要你的零件质量好、进度跟得上，一般都不会说你什么的，这个我见得多了。如果真被他们看出来，那你也不损失什么，最多不做这个零件了。"

水根认可了孙经理的说法。

水根说："以后这种轴，我还是想自己生产的，所以我想请他们培养几个车工，不知道他们愿意吗？"

孙经理说："这个没有问题，你可以派几个工人到他们厂里学习一段时间。因为是新手，对方不付工资的，这个要与你讲明的，还有要派年轻人去学习，他们脑子活络，手脚灵活。"

水根说："听君一席话，胜读十年书。那我能不能去看看这个厂呢？"

孙经理说："你要看现在就可以去。"

水根说："我想看的。"

于是，孙经理便开车带水根去那家五金厂。在车上，孙经理问："林厂长，你有车子吗？"

水根说："买不起。"

孙经理说："你开厂，有一辆车子真的是很方便的。"

水根说："是啊，等手头宽裕些，是准备买一辆双排座车子的，那样既可以送货，又可以坐几个人。"

孙经理说："你自己也要学会开车。"

水根说："我学得会吗？"

孙经理说："不难的，四五个月就可以拿到驾驶证。"

"可我没那么多的时间。"水根有些为难。

"你可以晚上学，我也是晚上学的。"孙经理说。

孙经理真是一个值得结交的朋友，水根心里认可他了。

孙经理开车带水根来到了那家五金厂。五金厂的王厂长刚想开车外出，看到孙经理开车来了，便将车子熄火，然后走到孙经理面前对他说："孙经理，你来怎么不说一声呢？"

孙经理说："我来突击检查，看你在不在岗。"

王厂长说："你晚来一步，我就要去渔业大队了。"

孙经理说："你去找渔家姑娘吗？"

王厂长说："是啊，要不要一块儿去？找两个渔家姑娘，摇一只小船，在阳澄湖上泛舟游荡？"

孙经理说："你真认识渔家姑娘吗？"

王厂长说："哪有！一天到晚在车间，渔家老妇都见不着。"

孙经理说："你就知道赚钱。"

王厂长说："今天贵人登门有何吩咐啊？"

孙经理向王厂长介绍道："这位是阳光制钉厂林厂长，是我很好的朋友。他是来向你取经的。你知道这个阳光制钉厂吗？"

王厂长说："听说过。"

水根说："王厂长，我来向你学习！"

王厂长说："你是孙经理的朋友，就是我的朋友，不用说客套话。"

他又对孙经理说："到办公室喝茶吧。"

孙经理说："你肯定有好茶叶，那种红茶末子不要泡给我喝。"

王厂长说："我有杭州朋友送我的一盒黄金茶，味道蛮香的。"

孙经理说："听说过杭州龙井茶，这黄金茶是什么茶？"

王厂长说："茶好不好，你喝过就知道了。"

他们来到办公室喝茶。

孙经理果然是个茶客，他喝了一口茶就说："这是杭州的一种土茶。只是名头起得响亮而已，这种茶不如杭州龙井茶好喝。"

王厂长说："我是有奶便是娘，有茶喝，感觉都是好的。"

当然，孙经理与水根此行的目的不是喝茶，而是另有重要使命，那就是把水根介绍给王厂长，让王厂长协助水根做好上海洗衣机厂的加工厂。

孙经理对水根说："王厂长直爽，做事干脆，我就喜欢与这样的人打交道。"接着，他又对王厂长说："林厂长原来是大队农技员，现在办工厂，什么都没有，一步步走过来，也是很不容易的。"

王厂长对孙经理说："孙经理，你就不要拐弯抹角了，你就直说有什么事要我办的，兄弟一定会赴汤蹈火、两肋插刀。"

孙经理说："那倒用不着，只要你答应我们借用一下你的厂就行！"

王厂长一时没听懂孙经理的话，问道："你说什么？我没听明白。"

孙经理说："林厂长的厂子现在是制钉厂，他也想做车床加工，如果上海那边来看他的厂，想借你的厂看看，就说是他的厂，或者说这个厂也有他的份。"

王厂长说："这个没问题。"

孙经理说："现在有一根洗衣机上的轴，是上海那边下单给他让他做的。因为刚在开发阶段，你就先做起来。"

王厂长说："可以的。"

孙经理说："不过，等林厂长有了机床后，这个轴他要自己做的。"

王厂长说："没问题。"

孙经理说："还有，他一个车工都没有，所以他想招些工人派到你这里学习车工，你看可以吗？"

王厂长说："可以啊，不过亲兄弟明算账，这个派过来的工人我不收他们的学费，但也不付他们的工资，当然午餐我会免费提供，我们员工吃什么，也会让他们吃什么，你看这样可以吗？"

水根说："王厂长，你真是量大福大。我遇上你，真是幸运！"

王厂长说："在技术上，你有什么难题，只要我懂的，都愿意帮助你。"

水根说："我想请一个车工老师傅，你这里有人吗？"

王厂长想了想，说："有一个的，但我还不能确定他是否愿意，我要问问他，才能告诉你。"

孙经理对王厂长说："好像你岳父就是老车工吧？"

"哎哟，孙经理，我的情况你都了解啊！"王厂长笑道，"我岳父在国营526厂是老车工，做阀门的。他还有两个月就要退休了。本想到我厂里来的，但如果林厂长需要，我可以动员他去林厂长那里。"

孙经理对水根说："像这样的老车工就是一个宝，真是打着灯笼都寻不着的。"

水根说："如果我有了这样的老车工，就更有信心把这个车床加工业务做起来了。"

王厂长领孙经理和水根参观了他的生产车间。

王厂长说："我的主要客户就是526厂，这些都是阀门配件，现在我能加工的只是比较小的阀门，一些大阀门的零件主要还是他们自己在加工，但他们发展迅速，以后他们负责装配，这些大阀门车床加工都要外发的，所以我还想添置大型车床，争取把那些大阀门车床加工生意拉过来。"

孙经理说："那你这个大型车床要找我买的呀。"

王厂长说："等有那么一天，我会寻你的。"

汪良财去了萝卜浦开河工地，这给丁大也和石小兰提供了方便。这天，已经是夜里10点多了，丁大也看妻子已经睡着，便偷偷地溜出家门。

平常，石小兰知道他要来，都是半掩着门的，但这天门却关得死死的。

丁大也开不了门。

他跑到东面，发现窗户也是关着的。

他又不能大声喊叫。

丁大也很沮丧，但他又不甘心，一个人在弄堂里走过来，走过去。

丁大也待了半个多小时，再去推门，这时门是开着的，屋子里却没有一丝灯光。他迅速把门掩上，轻手轻脚摸到了石小兰的房间。

"我早到了，你怎么把门关上了？"

"我也不晓得，我看你不来就想去关门，这才发现门是关着的，所以我又把门打开了。"

"你做事就是粗心，让我在门外白白等了半个多钟头。"

"是我不好。"

丁大也迅速脱了衣服爬上了床，两个人在床上抱成一团……

石小兰说："今天夜里你就不要回家了，陪我到天亮吧。"

丁大也说："不行，天亮后我怎么出门呢？"

"那你天亮之前走。"

"也不行，要是一觉睡过头，那就尴尬了。"

"我调好闹钟，不会睡过头的。"

"真的不行，天下没有不散的宴席，你知道吗？"

"我知道。"

"那就对了，等会儿我就走，明天夜里我再来，这样不好吗？"

"你走了，却把孤独留给了我。"

"你会想汪良财，又不会想我。"

石小兰说："对了，等开河结束，良财回来，你可要给他安排一个好的工作，可不能再让他回生产队务农了。如果是这样，不光他没有面子，我也没有面子了。"

丁大也搂着她说："我对你说，现在是老张书记占着茅坑，我也没有自主权。等他走了，这向阳大队的天下就是我的，我的天下就是你的。"

石小兰说："你说的比唱的好听，不过我相信你！"

石小兰又说："良财最想做制钉厂厂长，他说这个制钉没有什么技术含量，而且铁钉上海包销，做这个厂长不难。"

丁大也说："问题是水根如果不让，怎么办？"

石小兰说："你要想办法把他拉下来。"

丁大也说："我倒是有一个办法。"

石小兰说："什么办法？"

丁大也说："你找机会勾引他，如何？"

石小兰推了他一把说："叫你老婆去勾引他。"

"她老了。"

"对了，夜里出来你老婆不说你吗？"

"要说的，不过我给她说大队里有事情，她也就不问了。"

"你老婆蛮好的。"

"我觉得你更好，真想陪你到天亮。"

她推了他一把说："隔墙有耳，你声音轻一点儿。"

他松开她，一骨碌坐起来，说："不早了，我要走了。"

丁大也黑暗里来，又黑暗里走，像一只黑猫一样，来无影去无踪。

他回到家里，虽然也轻手轻脚的，但还是把他老婆吵醒了。她抬起头问道："现在几点了呀，你怎么这么晚才回来呢？"

丁大也早已打好腹稿，他说："二队土根兄弟俩打架，谁也不让谁，我一直在劝架，做他们的思想工作。"

他老婆听了就不说什么了。

丁大也躺在床上，却怎么也睡不着……

而这天夜里10点多，水根也是匆匆地回到家。阿红还没睡觉，她在踩缝纫机给小孩做衣裳。她问："今天你在忙什么，怎么到现在才回来？"

水根说："五金厂王厂长过来了，我陪他喝酒。"

阿红说："陪他喝酒也要早点结束，早点回家。"

"下次我会注意的。"水根紧接着又说，"不过，接下来两个月我应该都不回家吃晚饭了。"

"你要做什么呀？"

"我要带四位青年去五金厂学车工。"

"怎么你也要去呢？"

"我反正闲着也是闲着！"

阿红说："那我也想去学车工。"

水根说："真的还是假的？"

阿红信誓旦旦地表示君子无戏言，她说话算数。

水根说："那猪棚里的那一头母猪怎么办呢？"

阿红说："我叫老母亲来帮忙养猪，不过我有点担心，像我这种上了年纪的女人，这个车工我能学会吗？"

水根说："我也和你一起学，只要认真，没有学不会的道理！"

在孙经理的牵线搭桥下，王厂长和水根成了一对好朋友。

王厂长为水根与上海洗衣机厂合作的事情出谋划策。

水根对王厂长说："上海人要来看厂，我又不能拒绝。"

王厂长说："可以让他们看我的厂，就说是你的厂。"

水根说："我想说你的厂是我和你合开的，接下来要分开，各归各。"

王厂长说："可以的，只要你能自圆其说。"

水根说："我想先让他们看你这个厂，再领他们去看我的制钉厂和那个新车间，我会告诉他，老机床我一台都不带过去，那个新车间全部添置新机床。"

王厂长说："反正他来时，你陪他们，我到外面去就是了。"

水根说："我可是个外来和尚，却把你这个当家和尚赶走了。"

"外来的和尚好念经，你就好好把这个经念好，我全力以赴支持你办起这个车床加工车间。"王厂长说，"你买了新机床，开头如果缺少员工，我可以派些员工过去。"

水根说："你就是我的靠山。"

王厂长说："一个好汉三个帮，因为你真诚，所以我愿意帮助你！"

这天上午 10 点，赵科长和一位工程师开车来了。

王厂长知道他们来，就出去了。出门的时候，他对水根说："今天，你是五金厂厂长，祝你成功！"

是啊，水根俨然成了五金厂厂长。

他领赵科长察看阀门车间。

他说："这是我们为国营 526 工厂生产的阀门。"

赵科长说："阀门零件应该比洗衣机零件更精密，不然零件不密封，阀门就要漏气。"

水根说："赵科长，你们以前也做过阀门吗？"

赵科长说："没有，这门技术就是触类旁通。"

水根说："为了与贵厂业务配套，我想在外面单独办一个五金厂，添置新机器。"

赵科长说："这个设想好，因为我看你这个厂吧，车间已经比较拥挤了，如果我们的订单下来，很可能零件堆放不了，所以在外面单独办一个厂是一个很好的思路。我对你说，这个轴马上就要进入批量生产阶段了，所以你抓紧时间添置机床，到时候新车间建好了，我有空就过来看一下。"

水根说："现在厂房已经有了，我们在阳光制钉厂有一个新车间，马上可以投入使用。那这几天，我就添置机床。"

"好！"赵科长说，"机床你要添置新的，不要买旧机床，光贪便宜买老母猪肉。"

水根说："我都买新机床。"

买机床大概需要二十万元，这笔钱从哪里来？水根找到老张书记，汇报了他想集资的想法。

老张书记说："现在制钉厂已经形成生产规模了，因此不需要通过大队集资，你们制钉厂可以直接集资，根据谁借谁还的原则，由制钉厂集资并偿还本金和利息。"

水根说："我也是这样想的。"

老张书记说："今天下午召开大队支部委员会会议，我在会上动员一下。"

水根说："好的。"

当天下午，水根找到王厂长。因为王厂长是机床行家，要买哪些机床他是权威。很快，王厂长就列出了一张机床购置清单，所需的物资写满了整张白纸。

水根自是千恩万谢，他拿着清单就打电话给孙经理。

孙经理说："我开车子去见你。"

孙经理开车来了。

水根递上那张清单，说："我要买这么多机床，但我现在没钱。"

孙经理说："我知道你现在没钱，但我看好你这个人。"这不，他对水根的情况了如指掌。

水根说："这些机床，你先以最低价格卖给我，以后我买机床绝不找第二家。"

孙经理说："我保证给你最低价。"

水根说："你核算一下这些机床一共需要多少钱，我明天开始集资，之后再付你。"

孙经理从包里拿出机床价格表和计算器开始核算，几分钟后他说："二十万元，我可以给你便宜一万元，你付十九万元就可以了。"

"可以的，我明天开始集资，这几天就付你。"水根说。

"你们集资利息多少？"孙经理问。

"大队集资是10%，我以制钉厂名义集资，利息定在8%。"

"利息8%可以啊，这十九万元我以个人名义借给你，可以吗？"

水根真是喜出望外。

水根说："你把这么多钱借给我，你放心吗？"

孙经理说："你这个人，我放心，我看好你的，不用几年工夫，你的工厂就会超过王厂长的。"

水根说："那我不用付你机床款了吧。"

孙经理说："明天上午，我先把十九万元存到你厂里的银行账户里，你再将钱转给我的机床经营部，你出示一张借条给我，这是手续问题。我信奉一句老话'口说无凭，纸张来签'。"

水根说："你钱真多。"

孙经理说："现在你羡慕我，过几年我羡慕你。将来你发财了，不要忘记我，过年时拎两瓶白酒给我喝！"

几天之后，那个新车间摆满了车床、铣床、磨床等机器。

老张书记得知后来到了新车间，他对水根说："车工是技术活，一定要加强管理，不然产品报废多的话，赚不到钱的。"

水根说："我聘请了一位车工老师傅，他即将退休，就要来上班了。"

老张书记说："那给他待遇要好点。"

水根说："他吃住在厂里，中午和员工伙食一样标准，夜饭给他加个荤菜。"

老张书记说："给他宿舍配个黑白电视机。"

水根说："那好，我家里有一台十七英寸黑白电视机，我拿给他。"

老张书记说："我们做干部的，集体的东西不要随便拿，但也不主张把个人的东西拿给集体。凡事要有一个度，所以我不主张你把家里的电视机拿出来，还是以集体的名义去买一台黑白电视机吧。"

水根说："现在刚开厂，到处需要用钱，所以能省则省。关于这台黑白电视机，闲置在家也没有人看，这种电视一直不看的话也要坏的，再说它也值不了几个钱。"

最后，老张书记透露了一个消息，现在公社即将撤销，要成立乡镇了，公社党委老朱书记已经调到县里了，新来了一位书记，大队长丁大也认识他，在县里开三级干部会议时一起吃过饭的。

老张书记说："最近你有没有听到丁大也的一些消息？"

水根说："我一直在别人家的厂里学车工，对大队里的一些事情并没有过问。"

老张书记说："我估计会被调走，但不知道谁会来接替我书记一职。"

水根说："会不会上面派人过来做大队书记呢？"

老张书记说："以后不叫大队了，叫村。"

水根说："那不知道谁来做村上的书记呢？"

老张书记凑近水根说："我听别人告诉我，丁大也对别人说这回轮到他做大队书记了。但我觉得这个人私心重，让他做大队书记，我是非常不放心，特别是对像你这样的工厂非常担心的。"

水根说："我不希望你走。"

老张书记说："这是上级党委做的决定，下级只能服从上级。"

水根说："听了你的话，我真的开始心慌了，现在我正在上车床加工车间，万一被他叫停，那我的损失就大了。"

老张书记说："现在你也不要心急，他应该不会做这种事。如果他做过于出格的事，我也会找乡党委反映的，毕竟这个社办企业也是时代潮流涌现出来的新生事物！"

老张书记走了。

水根心事重重。

老张书记说的话有了下文，没过几天，他被调走了，没有调到上面去，而是去了另一个村，属于平调，仍然任村党支部书记。

向阳大队也改称为后山村，由丁大也出任村党支部书记。

有道是新官上任三把火，丁大也上任村党支部书记后也有三把火，其中一把火就是任命汪良财为阳光制钉厂副厂长。因为萝卜浦开河工地结束后，汪良财回来了。丁大也向乡党委推荐汪良财做村主任，但上级没有同意。最后，丁大也就让汪良财做制钉厂副厂长。

水根事先并不知道这个事情，他当然反对。

水根找到丁大也，说："你们知道我与汪良财有矛盾，为什么还要叫他当制钉厂副厂长？"

丁大也说："这不是我一个人的意见，这是村党支部委员会开会讨论做出的决定。"

水根说："那么，你们村党支部委员会开会之前也应该听听我的意见。"

丁大也说："我来找过你的，你不在厂里，这能说我没有听你的意见吗？"

水根说："关键是汪良财他不懂技术和管理，让他来做副厂长，这不是开玩笑吗？"

丁大也说："这是你心胸狭窄。他是从开河工地回来的，是一位久经考验的好同志，这样的同志当然要让他到重要的岗位上。"

水根说："那干脆让他做厂长算了。"

丁大也没想到水根会甩乌纱帽，他语无伦次地说："你、你这是无视我。你无视我，就是无视党的领导，无视村党支部委员会的集体领导。你可以不做厂长，但我明确告诉你，我宁愿关掉制钉厂，也不会让你这种无组织、无纪律的行为得逞。"

水根甩袖而去。

第二天，乡党委周副书记找水根来了。

水根这天没出门，在家闷头睡觉。阿红劝他："现在是小人得志，丁大也做书记了，你在他手底下吃饭，只好听他的话。他要让汪良财做副厂长，你又何必反对呢？你以后也不要那么为工厂拼命了，留点精力为家里拼搏吧。"

这时，有人来叫水根，让他赶紧到村部，周副书记来找他了。

水根答应去的，他也有话要对上级领导说。水根认得周副书记。

周副书记说："我来听听你的意见，听你们村支部反映你甩乌纱帽，不想做制钉厂厂长了，有没有这么回事？你是一名共产党员，如此草率做事，你的党性在哪里？"

一听周副书记这种"公事公办"的口气，水根心里凉透了，他说："这个制钉厂是我从无到有搞起来的，现在另一个车床加工车间也刚刚搞起来，我有信心让这个制钉厂做大做强。要做好一个厂，人心必须团结一致，但现在村里这样安排，把这种团结的氛围搅乱了。汪良财原来负责制钉厂基建，他随意把集体的财产送给他人，一点原则性都没有，所以当时我与他争吵，这件事情众人皆知，现在村里却安排这样一个人来做副厂长，我实在想不通。"

周副书记说："过去的问题就让它过去算了，大家都应该面对未来。以前他犯过错误，但我们要允许他改正错误，应该给他一个机会嘛！"

周副书记自以为这是小事一桩，几句话就能把水根搞定，不想水根却并不领情，仍然不愿意再做这个制钉厂厂长。这让周副书记很不愉快，他发出狠话，水根若不服从组织安排，将开除党籍。

水根说："我热爱党，一心为集体工作，何错之有？"

周副书记说："我给你两天时间，你想明白了再来找我，不然我说话算数，开除你党籍。"

水根无语。

不过，水根已经有了一个想法，如果他们还想让汪良财做副厂长，自己就不做这个制钉厂厂长，那么自己就到别的地方干。

所以，他打电话给上海吴经理，并将事情原委告诉了吴经理。

吴经理说："做生意因人而异，我只认你水根，如果你不做厂长了，那我就中断与制钉厂合作。"

水根说："我担心你借给我的五十万元啥时候才能还给你。"

吴经理说："这个不用急，这几个月我就把货款扣住，我先把五十万元要回来。"

水根说："真对不起，给你添麻烦了。"

吴经理说："不，我和你合作很好。这样吧，你自己搞一个制钉厂，我们继续合作。"

水根说："等上面有了说法，我再找你商量。"

当天傍晚，水根垂头丧气地回到家。

阿红说："你不要这样，这个制钉厂是你白手起家干起来的，为什么白白地让给人家呢？你不做，我去做厂长。"

水根苦笑一下，说："你有这个本事？"

阿红说："我只要用好人，像汪良财这种人就坚决不能用。"

水根说："这个你说得对，我就是因为不要汪良财这个人，才惹出了这么大风波。乡党委周副书记找我谈话，我又没听他的话，他发火了，他说要把我开除出党。"

阿红说："他能代表乡党委吗？"

水根说："这个我不清楚，但我亲耳听到他说要开除我党籍的。"

阿红说："你不应该与他争执，这样你把周副书记推到丁大也那边了，你一个人对付不了他们。"

水根说："是的，我现在就是势单力薄。"

阿红说："看来，你再不听周副书记的话，会没有好的结果。"

水根说："随便了。"

阿红说："我有一个办法可以供你参考，但不知道你有什么想法。"

"你说给我听。"

"你就把制钉厂让给汪良财，干脆让他做制钉厂厂长。"

"那我呢？"

"你就把车床加工车间从制钉厂分出来，成立一个新厂，你就做这个新厂的厂长。"

"哈哈，你这个主意可以考虑。"水根说，这回他对妻子也有点刮目相看了。

这两天，水根虽然没去厂里，但他坐立不安。厂里有许多事情需要他去处理，而他本来就心系制钉厂，现在制钉厂面对一些风浪，他怎么可以选择逃避和退缩呢？

有那么多集资还没还怎么办？有那么多员工跟着自己干怎么办？那个新的车床加工车间刚开始，面对客户催货怎么办？……

水根彻夜无眠。

他一边对自己说识时务者为俊杰，一边想着退一步海阔天空。

水根什么地方都没去，就在家里等乡里的回话。

这天上午 10 点，王乡长来找他了。水根和王乡长私交很好，原来王乡长也是大队的农技员，他俩经常切磋农技，因为王乡长是高中生，所以被上面看中提拔做干部了。

王乡长说："你怎么得罪周副书记的呀？"

水根说："我就说我热爱党，一心为集体工作，何错之有？他就恼火了，说我不服从组织安排，就要把我开除出党。"

王乡长说："你这话没错，我也在周副书记面前解释了你的情况。他也承认有点错怪你。他让我转达对你的歉意，但他希望你不要甩乌纱帽，你有什么想法可以讲出来。"

水根说："村领导明明知道我和汪良财不和，可偏偏要让他来做制钉厂副厂长，问题是他对办厂是外行，所以我主要是对这个任命有意见，并不是真的不想干，我全身心地投入工厂，刚看到工厂有点起色，我也不想离开。"

王乡长说："现在这件事情，周副书记不插手了，由我来办。你可以不把我看作乡长，就看作兄弟吧，你可以对我说说你真实的想法，我给你参谋参谋。"

水根说："只要不让汪良财做制钉厂副厂长，其他我都可以接受。"

王乡长说："你和汪良财的事，我也听说了，不知道村里要安排他做你的副手是出于什么考虑？"

水根说："像我们制钉厂，规模还很小，根本不需要什么副厂长。"

王乡长说："对的，一个和尚挑水喝，两个和尚抬水喝，三个和尚没水喝，所以我看叫汪良财做副厂长也是多此一举。"

水根说："所以我希望村里纠正这个错误做法，不要让他来制钉厂，这就是我的真实想法。"

"大家都知道我和你关系很好，所以你也得听我一句，你冷静一点，不管怎样，还得把工厂的事情做起来，不能做甩手掌柜。"王乡长说，"我去找丁书记商量一下，看这件事怎么圆满处理。你要相信乡政府会站在公正立场上的，而我也会为你说几句公道话！"

水根说："王乡长，我相信你！"

如今向阳大队改名为后山村，丁大也则为后山村党支部书记。

丁大也在村部等王乡长，他已经与街上饭店讲好，要请王乡长喝酒。

上午 11 点，王乡长来到了村部。

丁大也说："王乡长，走，上饭店去，先喂饱肚皮再说。"

王乡长说："不上饭店，下午我还有一个会议，会上我还要讲话。"

丁大也说："那简单点，饭总归要吃的吧。"

王乡长说："那就在村部食堂吃吧。"

丁大也说："不预约，食堂没有吃的。"

王乡长说："那就不吃了，我回乡政府，乡政府食堂有饭吃的。"

丁大也说："那我叫食堂弄饭，你就在我们村食堂将就吃一顿饭吧。"

王乡长点头答应了，他说："简单点，平常你们吃什么，我就吃什么。不要加菜，不要搞特殊化。"

这时，石小兰跑了进来，她并不认得王乡长，她对丁大也说："食堂有红烧肉，你喜欢吃的，快去吃饭吧，晚了饭和菜要冷的，吃了肚子会不舒服。"

丁大也忙对她说："这是乡里来的王乡长。"

王乡长问丁大也："这位是？"

丁大也说："我们后山村妇女主任石小兰。"

王乡长说："我想起来了，就是汪良财同志的爱人。"

丁大也说："王乡长，你记性真好！"

王乡长问石小兰："你对你老公出任制钉厂副厂长有什么看法？"

石小兰说："我是村干部，我当然得支持村党支部的决定，党叫干啥就干啥。"

王乡长说："你觉悟很高啊！"

石小兰说："这是因为我受到党多年的培养和教育。"

王乡长对丁大也说："你手下有这样觉悟高的同志，这也是你领导有方。"又对石小兰说："我与丁书记还要商量一些事，你先回避一下。"

石小兰说："那不打扰你们了。"她转身走了出去。

王乡长对丁大也说："刚才我去了林水根家里，我看他今天情绪还算平静，他说汪良财与他有矛盾，不知道村里为啥仍然要安排汪良财与他搭档？"

丁大也说："其实是很正常的安排，他真的是想多了。"

王乡长说："萝卜和猪肉搭配，这个菜好吃；如果萝卜和番茄搭配，这个菜不好吃吧？所以，在人员搭配，尤其是领导搭配上也要讲实事求是，不能搞硬性的'拉郎配'，像林水根与汪良财这个搭配就是萝卜与番茄的搭配，可以说是乱搭配。"

王乡长对后山村任命汪良财为制钉厂副厂长提出了批评。

王乡长又说："当然，林水根他不想做制钉厂厂长也是一种不负责任的表现。"

丁大也说："我的考虑与林水根的考虑并不一样。因为有了新的车床加工车间，林水根作为厂长肯定更忙了，那么给他配一个副手有什么不好呢？"

王乡长说："我已经摸到林水根的真实想法了。"

丁大也说："你不说，我也晓得他的真实想法，他就是不想让汪良财做副厂长，他是视汪良财为眼中钉、肉中刺，所以说这个人的胸怀很小的。"

王乡长说："你只说对了一半，还有一半你没有说对。"

丁大也说："我哪儿说的不对？"

王乡长说："林水根说，制钉厂是个小厂，用不着配备副厂长。换句话说，配备副厂长是一种资源浪费。我看，是不应该给制钉厂配备副厂长。"

丁大也说："那叫汪良财做啥呢？他在萝卜浦开河工地大干了半年，现在回来了不可能叫他去种田吧？"

王乡长说："他俩本来不和，我觉得村办工业比农业生产还难，不识字的可以种田，但工厂不是人人都会办的，像林水根这样的人是后山村的村宝，应该保护好他办厂的积极性。"

丁大也说："可现在汪良财已经去制钉厂了，这个事情真的难办了。"

王乡长说："有错必纠，这是我们党的优良传统。"

这时，食堂有人来喊吃饭。

丁大也说："我们先吃饭，这个事情以后再说。"

王乡长说："下午我要参加一个会议，吃过饭就要走的，那我们边吃边谈。"

丁大也领着王乡长来到了食堂。

王乡长看到桌子上摆了一桌子菜，他说："就我们两个吃，用得着这么多菜吗？"

丁大也说："买了一点熟菜，你喜欢吃什么就吃什么。"

王乡长说："把这些菜收好，还可以让别人吃。我吃两块红烧肉就够了，其他菜端下去吧。"

丁大也说："等吃好了，再让食堂员工收走吧。"

王乡长说："你为什么不听我的话，还搞这么多丰盛的菜呢？若被老百姓看到我们做干部的这么大吃大喝，那我们共产党人的光辉形象在老百姓心目中会打折扣。"

丁大也说："我知道了，下不为例。"

王乡长吃饭速度很快，三四分钟就吃掉了一碗饭。他说："这个红烧肉不错。"

丁大也说："那这碗红烧肉，你打包带回去吧。"

王乡长说："我吃了还要拿，我这样做的话，还是一名合格的共产党员吗？"

吃过午饭，王乡长对丁大也说："我走了。关于制钉厂副厂长这件事情，你看有什么好的办法，尽快告诉我，总之，要保护办工业的同志的积极性，因为村办工业是改变农村贫穷面貌最佳的出路。"

王乡长刚走，丁大也对石小兰说："你把你老公叫过来。"

"叫他过来有什么事？"

"王乡长这个人不行，他反对汪财良做副厂长，所以我想找你老公谈谈，想想还有什么办法可以对付王乡长。"

石小兰说："乡党委周副书记不是表扬过我老公吗？说像我老公这样苦干的人应该重用。"

丁大也叹了一口气说："周副书记不管这个事情了，现在由王乡长主抓这个事情。哎，如果是周副书记抓的话，那你老公做制钉厂副厂长真是一点问题也没有。现在来了一个王乡长，那事情全乱套了，让我也不知所措。对了，你快去叫你老公，快点到我这里来。"

石小兰打电话到制钉厂找汪良财没有找到，便走过去找他。

她在厂区食堂一间仓库里找到汪良财，他正在睡觉。

石小兰说："看你舒服的，上班睡觉。"

汪良财说："不睡觉，叫我做什么呢？"

"你可以买几本专业书籍，掌握一点业务知识。"

"机器这么响，我看书也看不进去啊！"汪良财揉揉眼睛说，"你找我有事情吗？"

石小兰说："大队长找你有事。"

汪良财说："哪个大队长？"

石小兰说："就是丁大也。"

汪良财说："他是村里的书记。"

石小兰说："你听懂就好，是村支书找你。"

汪良财说："找我有什么事情呢？"

石小兰说："上午乡里王乡长来村里了，他反对你出任这个制钉厂副厂长，现在要丁书记拿出一个解决办法，丁书记想听听你的想法。"

汪良财说："这个王乡长与林水根关系不错的，以前他们都是大队农技员，估计是水根这个小子去找王乡长的。"

两人边走边说。到村部了，石小兰说："你与丁书记要认真商量。丁书记一手提拔你，可现在遇到了一只拦路虎，所以你得听丁书记的话。"

汪良财说："丁书记是我的贵人，整个大队这些干部，我不服任何人，只服丁大也。"

石小兰说："丁书记对你的好，你记在心里就可以了，不要一天到晚都挂在嘴巴上，让一些别有用心的人说三道四的，那可不好了。你说是不是？"

汪良财点头称是，表示以后说话会注意的。

本来石小兰不想参与他们的谈话，但丁大也对石小兰说："这事没有你参与不行，你别走开，我们坐下来一起研究一下，王乡长在过问这一件事。"

石小兰搓手说："你做村支书，样样要听上级的话，你就没有老张书记说话强硬。"

丁大也说："你说这话是不对的，老张书记那年代只有农业生产，现在是乡村工业大发展了，各种问题都冒出来了，做村支书也比过去难多了，你就是见人挑担不吃力。"

石小兰说："阳光制钉厂不是老张书记办起来的吗？"

丁大也说:"那时候制钉厂只有那么大,现在要搞车床加工生产,技术上档次了。"

石小兰说:"妇女工作,我比你懂,这个技术啥的我就不懂了。"

丁大也说:"现在问题就出在良财不懂技术上,如果良财懂技术,林水根他说不做制钉厂厂长,我马上叫他卷铺盖走人。可现在他一走,这个制钉厂谁来管?你家良财能顶得上去吗?"

石小兰无语。

汪良财低头不语。

丁大也问汪良财:"叫林水根滚蛋,你能顶上去吗?"

汪良财吞吐半天,说:"不能。"

丁大也说:"为什么我让你当副厂长,就是给你时间,给你学习的机会,等时机成熟,等你翅膀硬了,那么就顺理成章让你做厂长,到那时叫林水根滚蛋,他哭都没有眼泪。"

汪良财说:"那就要让我做这个副厂长。"

石小兰白了他一眼,说:"丁书记是让你做副厂长的,现在是乡政府王乡长不让你做。摇船摇了半天,缆绳都没有解开,我看叫你做副厂长也是扶不起来的刘阿斗。"

汪良财说:"不让我做副厂长,那王乡长总得说一个理由给我听嘛。"

丁大也说:"王乡长是这样说的,他说制钉厂这么小的一个厂,有必要设置副厂长吗?这简直是浪费资源。"

汪良财说:"他真是管得太宽了!"

丁大也说:"这没有办法,权大压死人。现在也不是骂娘的时候,要拿出一个好的办法,一是向王乡长有一个较好的交代,还有我不想亏待你良财同志,我是这样想的。"

石小兰对汪良财说:"咱们和书记是一条战壕里的战友,生死与共,要一致对外，团结就是力量。"

丁大也说："现在不是叫喊口号的时候，是应该拿出一个好的办法来的。你们想一想，有什么较好的办法来面对呢？"

汪良财站立起来向门外走去，石小兰以为他要离开，叫他道："事情都没有商量出结果，你为啥走呢？"

汪良财站住了，回头说："我上厕所。"

然后，他就走出门外。

这时，丁大也以迅雷不及掩耳之势蹿过身去，抱住石小兰亲了一口。

石小兰急忙把他推开。

她抹抹嘴巴说："你胆子真大啊！"

丁大也说："谁叫你挤眉弄眼的？"

石小兰双手一摊说："我哪有？"

丁大也说："我好久没有抱你了，你看什么时间有空让我好好抱抱你。"

石小兰说："我以为你做了书记看不上我了。"

丁大也说："哪有，你是我心里不老的女神！"

石小兰说："好了，他要回来了。"

说完，她跑到门口，扶着门框，对丁大也说："那良财这个事情怎么办呢？你总不能让良财再回去种地吧，他去萝卜浦开河工地半年多，没有功劳也有苦劳吧。"

丁大也说："早晚我要让良财做厂长的，只是时间问题。问题是良财也要争气，你知道内因和外因的道理吗？良财自己有能力，能够独当一面，这才是内因。内因决定外因，外因是没有内因重要的。"

石小兰说："你做了书记后，开会和学习机会多了，讲话都一套一套的，什么内因外因的，我还真听不懂。"

丁大也说："你只要懂妇女工作就行。"

石小兰说："他快回来了，你不要老不正经的呀。"

丁大也说："那好，那良财做制钉厂副厂长这件事情怎么处理才好呢？"

石小兰说："他回来了。"

丁大也又恢复了一本正经的状态。

汪良财急匆匆地走了进来。

石小兰对他说："你不要走来走去了。丁书记就要出门的，我们要抓紧时间拿出解决问题的方案，因为丁书记还要向乡里王乡长汇报，时间十分紧迫。"

汪良财说："我晓得的，我也一直在动脑子。"

丁大也说："我倒是有一个折中的办法。"

石小兰和汪良财都围到了丁大也身边。

丁大也指着汪良财说："干脆任命你为制钉厂厂长算了。"

"啊？！"

石小兰和汪良财都不约而同地张大了嘴巴。

丁大也接着说："我想干脆把制钉厂一分为二：一个是制钉厂，这是老厂；另一个就是车床加工这块，这块就成立一个新厂。老厂由你做厂长，新厂让水根做厂长，这样井水不犯河水，不是两全其美了吗？"

其实，石小兰也有过这样的考虑，因为她想这个制钉厂生产比较简单，如果让汪良财做制钉厂厂长应该没有什么问题。只是她没有把这个想法说出来。

现在丁大也这么说，可以说他俩是不谋而合了。

石小兰当即叫好，可汪良财却连连摆手。

石小兰问他："你有什么意见？"

汪良财说："制钉厂副厂长都不让我做，还会让我做制钉厂厂长吗？我实在弄不明白了。"

石小兰说："你怎么不明白呢？"

丁大也说："他们不让你做副厂长，主要还是因为你与林水根不和。现在将你们分开，这样就桥归桥，路归路了。"

石小兰说："丁书记的意思是你和林水根，你走你的独木桥，他走他的阳关道。"

丁大也说："你说反了，这句话应该是你走你的阳关道，他走他的独木桥。"

石小兰笑了一下，说："意思差不多吧。"

丁大也接着说："现在的制钉厂生产和销售都很正常，可以讲'旱涝保收'，阿狗阿猫做厂长都没什么问题，难度比较大的是车床加工车间，所以我想让良财做制钉厂厂长，让水根负责车床加工这块，重新开办一个新厂，就让水根做那个厂的厂长。这样我也可以理直气壮与水根说，为了减轻他的压力，现在就让他把制钉厂厂长辞了，他就做车床加工厂厂长吧。"

石小兰问汪良财："现在你明白丁书记的话了吗？"

汪良财点点头说："有点明白了。"

丁大也问汪良财："那你有什么想法？"

汪良财对他说："我听你的！你怎么说，我就怎么做。"

丁大也站立起来，顺手拍了拍汪良财的肩膀，说："兄弟，你不用担心，有我在全力支持你，你大胆往前冲就是了。"

汪良财双脚并拢，说："你要我往前冲，我就冲。"

石小兰笑道："真是傻样。"

丁大也也笑了。

汪良财表情有些尴尬，他说："我说往前冲，有什么问题吗？"

丁大也说："没什么问题，以后你大胆地往前冲，不过做事要多动脑筋，总之要灵活机动！"

汪良财说："你放心，我有的是力气。"

他扬了扬手臂。

石小兰说："仅有力气是不够的，办工厂没有灵敏的脑子不行，要与客户打交道，那可是一门很深的学问。"

汪良财说："你什么都懂的，那我就好好地向你学习。"

丁大也对他说："你听你妻子的话是不错的，她比你能干！"

汪良财回去了。现在办公室里只有丁大也和石小兰两个人，丁大也从抽屉里拿出一块湘城麻饼说："你吃麻饼吧。"说着，将麻饼递给了她。

石小兰说："哪里来的麻饼？"

丁大也说："前天我去湘城买的。"

石小兰说："我最喜欢吃麻饼。下次去湘城你多买点回来。"

丁大也说："找个机会我和你一块儿去湘城，到芦苇荡里捉野鸭。"

石小兰说："真的吗？"

"我什么时候骗过你！"丁大也说，"现在我去乡里找王乡长，你有时间的话和我一块儿去，好不好？"

石小兰说："我有时间的呀，但我跟着你，别人在背后要说闲话的。"

丁大也想了想说:"那我先走,你再走,我们到乡政府门口碰头。"

石小兰说:"我知道你想干啥,到乡政府容易遇见熟人。"

丁大也心领神会,他说:"那还是去你娘那里吧。"

"哎哟,我娘那里不行了。上次我们去被邻居看到了,她问我娘那个男人是干啥的,我娘说是我的同学。现在我俩再去,若再被这位邻居看到,那就尴尬了。"

"有这样的事啊,那真不能去了。"

"你说我们在哪里约会好呢?"

丁大也说:"不管他了,就在这里吧。"说完,他把门关上了。石小兰说:"不行的,有人来敲门,那就完蛋了,若被良财知道,他会拿刀砍死我的。"

丁大也听她这么说,心里发虚了,就打开了门。

这时,电话铃声响了。

原来是王乡长的电话,丁大也示意石小兰不要说话。

王乡长说:"关于制钉厂人事现在有什么说法?"

丁大也说:"王乡长,本来我正打算出门去乡政府找你汇报呢。经过我多方思考,征求了有关同志的意见,我想把制钉厂分成两个厂,一个仍是制钉厂,一个是车床加工厂,这样就有两个厂长。"

王乡长说:"分厂,你征求过林水根的意见吗?"

丁大也说:"没有。"

王乡长说:"你不征求他的意见,他说不行,你怎么办?"

丁大也说:"分厂,我是为他着想,如果他说不行,那他就是狗咬吕洞宾,不识好人心了。"

王乡长挂断了电话。

本来丁大也想和石小兰温柔浪漫一回，接完电话后这种心情荡然无存。他对石小兰说："现在我不去乡里了，我要找林水根谈话，看他有什么想法。如果与他谈不拢，只好让汪良财回家种地了。"

听了此话，石小兰急了。她说："你不能这样啊，我可不会答应。"

丁大也说："手臂朝里弯，我会为你着想的。"

石小兰说："这话还差不多。"

丁大也拎了一只黑色公文包准备去制钉厂。石小兰说："你先打个电话，看林水根是否在厂里。"

丁大也说："直接上门找比打电话好！"

丁大也到了阳光制钉厂，一问才知道水根这几天没上班。丁大也这才恍然大悟，原来水根说不干真的不干了，他顿时急出了一身冷汗，这可如何是好，这事如何向王乡长和组织上交代呢？为了一个汪良财，弄得一团糟，丁大也有点后悔，就不该提出任命汪良财为制钉厂副厂长的，如果没有这档事，也就不会有后面这些乱七八糟的事情了。

那么水根会在哪里呢？

丁大也回到村部，把在村部的妇女主任、民兵营长、团支部书记召集开会，让他们分头去寻找林水根，让他来村部报到。

其实，水根什么地方也没去。他一直待在家里。他也在等待王乡长的回复。

石小兰去了水根家，找到了他。石小兰对他说："林厂长，丁书记在找你，你现在就去村部，他应该在村部等你。"

水根说："他怎么想起找我啦？"

石小兰说："不要生气了。你也不是小孩，跟我去村里吧。"

水根还坐在凳子上。

石小兰走上去拉着他的手，说："给我一个面子吧。"

水根抽回手，说："好的，我去村部。"

两个人便一前一后往村部走去。

石小兰说："其实，有些事情是个误会。我老公良财很佩服你的，只是以前对你不够友好，但我想已经过去了，你大人不计小人过，也不要把此事放在心上。"

水根说："现在此事已有王乡长在过问，所以我想我还是听从王乡长的意见吧。"

石小兰说："我与你平常关系还可以吧？"

水根说："还可以的。"

"那你能不能听我一句话？"

"你说。"

"我说，大家抬头不见低头见，你还是让我家良财做副厂长算了，我保证他会绝对服从你的，你叫干啥，他就干啥。如果他不听你的话，你来找我，我决不会饶他。"

她还是没有把分厂这个事说出来。

水根随石小兰来到了村部。

这时，丁大也却不在村部，他也在外面寻找水根，所以石小兰又叫人去寻找丁大也。过了十多分钟，丁大也回到了村部，一副气喘吁吁的样子。

他对水根说："满世界找你，你却在村部。"

水根说："我在家里。"

丁大也请水根到办公室喝茶。

石小兰给水根倒了一杯热茶，然后她退到门外。

丁大也说："首先我要对你解释一下，让汪良财做制钉厂副厂长，我们的目的是给你减轻工作压力，有些事情你可以让副厂长做，但没想到你与汪良财有个人纠纷，这一点是需要取得你谅解的。"

水根说："现在制钉厂规模小，还没有必要设置副厂长，如果一定要配备一个副厂长，还不如聘请一位懂车工技术的老师傅。"

丁大也说："现在乡里王乡长也在亲自过问此事，所以我们坐下来，拿出一个大家都满意的方案。"

水根说："那你先说。"

丁大也说："你说说你的想法。"

水根说："我没有其他想法，如果继续让我做制钉厂厂长，那就不要给我配备副厂长。"

丁大也说："这就难办了。汪良财带队去萝卜浦开河工地半年多，现在回来总得给他安排一个工作吧？如果他不做制钉厂副厂长，也没有其他合适的岗位。"

水根说："但小庙里容不下大神仙啊！"

丁大也说："现在我有一个方案，我与王乡长也讲过，他指示只要你同意，那就可以的。"

水根说："那你说说。"

丁大也说："现在制钉厂有两块，一块是制钉，一块是车床加工，我想将这两块分成两个厂，你看行不行？"

水根说："就是说从制钉厂里分出一个车床加工厂，对吗？"

丁大也说："对的。"

丁大也这个想法与水根的想法一致。

但水根没有急着表态。他说："还是有问题的，制钉厂现在销售正常，

125

如今规模扩大，产值增加，我作为厂长，报酬应该上去的，但车床加工这块刚起步，只有投入，没有收入，这个厂长报酬怎么结算？"

丁大也说："你说的这个问题，我也想到了。在车床加工这块没有盈利之前，这个厂长收入与制钉厂厂长一样吧，如果有盈利了则另外结算，根据盈利大小给予奖励。"

水根抬起头问："那你是让我做哪一块的厂长呢？"

丁大也反问道："你想做哪一块呢？"

退一步海阔天空，水根想自己只是一个小小制钉厂的厂长，现在村支书能够放下架子与自己探讨，不管他是真心还是假意，那自己也要识趣些，不能再逞强了。老话说，犟到底，苦到死，手臂总是拗不过大腿的。

所以，水根回答道："我随便。"

丁大也说："那我就给你定了。"

水根说："可以。"

丁大也说："你对办厂有经验了，不像汪良财还是外行，所以你就吃点苦吧，就负责车床加工这块，制钉厂这块移交给汪良财。"

水根对此早有准备，所以听丁大也如此说，并不感到唐突。

水根说："那好吧。"

丁大也说："你看是分两个厂，还是一厂两个车间？"

水根反问道："如果是一个厂两个车间，那我和汪良财都是车间主任，那这个厂的厂长谁做呢？"

丁大也想了想说："这个我倒没考虑到。"

他沉吟片刻，说："那还是分两个厂吧。"

水根说："两个厂好，这样便于管理，也便于结算。"

丁大也说："那我向王乡长汇报了，就说分两个厂已经得到你的同意，这是大家共同的意愿。这样汇报应该没什么问题吧？"

"汇报不汇报，这是你的事，不用问我的吧？"水根说，"丁书记，没有其他事，那我走了。"

丁大也说："这样吧，关于分厂的事还得详细讨论，拿出一个具体方案。你看什么时间有空，我们几个人商量一下，然后让我们村支部讨论形成决议，这样就合情合理了。"

水根说："我随时有空的。"

丁大也说："那就明天吧。"

水根说："到哪里？"

丁大也说："村部吧。"

水根说："还是到制钉厂吧，可以看看现场，有问题可以当场解决。"

丁大也说："那就在制钉厂，午饭我让村部食堂准备吧。"

水根说："既然在制钉厂开会，午饭就在制钉厂吃吧。现在我们制钉厂食堂很好的，上海客商来都不上饭店，都喜欢在我们食堂用餐。"

丁大也说："行，午饭就在制钉厂吃。我带白酒过去。"

水根说："我们食堂规定中午不喝酒。"

丁大也说："规定是人定的，可以改一下。"

水根说："既然制定了规定，就得自觉落实。所以，午饭不可喝酒。"水根的态度很坚决。

水根同意将阳光制钉厂一分为二，他将新厂命名为后山金属制品厂，村里任命他为该厂厂长。同时，村里免去水根阳光制钉厂厂长职务，任命汪良财为该厂厂长。

汪良财说:"我当上制钉厂的厂长,都是丁书记提拔我的。让我怎样感谢他呢?"

石小兰说:"他当大队长时,请他上饭店喝酒,他很快答应的,但现在他做村支书了,他不会答应同你去饭店喝酒了,要么我们请他到家里来喝酒咋样?"

汪良财说:"你约他,我陪他喝个醉。"

石小兰说:"可不要喝醉,一起喝酒拉近下感情就行了。"

汪良财说:"那你去约他。"

石小兰说:"好吧,我这就去约他。"

这天早上,石小兰来到丁大也的办公室。丁大也笑笑说:"良财做了制钉厂厂长,你一定很开心吧?"

石小兰也笑笑说:"开心,真的很开心。"

丁大也说:"水根一闹,良财没做成副厂长,却做着厂长了。你也得感谢水根。"

石小兰说:"他极力反对良财,我恨不得踢他一脚。"

丁大也说:"你可不能这样,因为制钉厂这个业务仍然捏在水根手里,我担心他会与上海客户商量把这个协作关系中断了,那这个制钉厂就开不下去了。"

石小兰"啊"了一声。

她说:"你这话提醒我了,我得叫良财不要掉以轻心,还不能得罪水根。"

丁大也伸了一个懒腰,说:"是的,至少表面上要尊重他,不要与他发生什么纠葛。"

石小兰说:"那我来关照汪良财。"

丁大也说："等业务全部掌握在良财手里了，也就不用怕他了。"

石小兰说："对了，良财说要感谢你，请你到我家喝酒，你看哪天有空呢？"

丁大也说："好啊，我还没吃过你做的菜呢。"

石小兰说："我做的蛋饺很好吃的。"

丁大也说："好呀，我要吃你的蛋饺。"

石小兰说："你的眼睛在看哪里？"

丁大也说："我现在就想吃你！"

石小兰说："以后良财会经常到外面出差，你来我家就方便了。"

丁大也说："这个我倒是做梦也没想到，真是送人玫瑰，手有余香。"说着他起身，又对石小兰说："你看看外面有没有人？"

石小兰知道他想亲自己，就走到门口张望了一下，然后迅速地扑在他的怀里……

上海吴经理得知阳光制钉厂分厂这件事情后，立刻打电话给水根核实有关情况。

吴经理说："如果这是真的，阿拉把借出的五十万元收回后，就把这个业务转掉，阿拉是看在你做事诚实和讲信用的份上，才跟你做这个生意。现在你不做制钉厂厂长了，那阿拉就不想与他们合作了。"

水根说："感谢你一直对我的支持，这五十万元是你借给我的，我会关注这个事情，保证不会出什么问题。"

吴经理说："阿拉现在就扣这个货款。"

水根说："现在扣款的话，村支书会怪到我头上的。"

"怎么会怪到你的头上呢？"

"因为原来你们一直正常付款的，现在我不做制钉厂厂长了，货款就被扣掉了，他们肯定会怀疑是我在做文章。"

"你说的有道理。"

"这个制钉厂还是我们村里的，所以还希望你继续支持它！"

"你不是制钉厂厂长，阿拉感觉总像缺少了什么，阿拉想钓鱼都没得地方去了。"吴经理说。往常吴经理有空时就会找水根钓鱼，每次水根都会联系好鱼池，还把午饭送到鱼池，这让吴经理感到非常舒适。

水根说："现在我仍在制钉厂的厂区，你哪天来钓鱼，就打我电话，欢迎你来钓鱼。"

吴经理说："阿拉太太都说苏州的鱼没有柴油味道，苏州的鱼很好吃。"

水根说："那请你太太一起到苏州来玩。"

虽说水根已不是阳光制钉厂厂长了，但他仍然在尽力维护原来的客户关系，他想让制钉厂的生意依然红火，而不是变得惨淡。但有人却对水根抱有成见，还想算计他。

此人就是丁大也。

丁大也对水根说："我大儿子高中毕业了，大学没考上，原本想让他到制钉厂，但到制钉厂学不到技术，所以我再三考虑还是跟你干，你有技术，又有开拓精神，是个实干家。"

水根想，之前汪良财做副厂长自己还可以拒绝，但这回是丁大也他大儿子要来，如果当面拒绝他，一方面自己拉不下这个脸面，另一方面惹丁大也动气对自己没什么好处，那该怎么办呢？

水根想了想，说："金属制品厂刚开，跟着我干的人工资都不会很高的。"

丁大也说："年轻人不能讲究工资高低的，主要还是要学技术和知识，这比挣钱重要。"

水根说："但有些年轻人挣不到钱就会走人的。"

丁大也说："这个你请放心，我儿子不会走人的。"

丁大也认可水根是个能人，心中一直有一个预谋：让水根把这个开展车床加工服务的金属制品厂办起来，过两三年再让他去开办新的工厂，而把这个金属制品厂移交给别人。说穿了，丁大也就想叫大儿子接这个班。

这是一盘棋。

第一步棋就是让大儿子丁大伟进金属制品厂。

丁大也说："我想让大伟去车间干活。"

水根说："现在的孩子娇生惯养，不知道你家公子能不能吃苦？"

丁大也说："吃苦没问题。"

水根说："那让他做什么？"

丁大也说："就让他从车间做起，先让他学车工吧。"

水根说："车工7点半上班，要做到下午5点。不仅一直站着干活，而且手脚不停，很辛苦的，不知道他能不能适应这个工作？"

丁大也说："就让他先学车工，以前知识青年上山下乡比这个车工还要辛苦的。"

水根说："不过，丑话说在前面，他学车工，如果表现不好，我可要说他的。"

丁大也说："你说他，你骂他，都可以的，小年轻就是要经历艰苦生活的磨砺才能够茁壮成长。"

水根说："那叫你家公子来吧。"

丁大也说："先让大伟跟那个退休的老师傅学车工吧。"

水根说："全厂员工学车工都由老师傅在负责。"

水根答应招收丁大伟进厂，这让丁大也十分愉快。傍晚，他回到家里就叫妻子加菜。他妻子便跑到村口一只渔船上买了一条大鲢鱼。

丁大也对大伟说："今天爸很高兴，你陪我喝一杯。"

大伟说："有什么高兴的事？"

丁大也说："你的工作找到了，先去车间学车工。"

大伟说："啊，叫我学车工，我不干。"

丁大也说："别人想学车工，我们村里还不同意，而你倒好，有这样的机会却推三阻四。"

这时，丁大也妻子走过来，插嘴道："你让儿子做车工，亏你想得出来。那机器转来转去，危险得不得了，这个工作一点都不好，还是找一个坐办公室的工作为好！"

丁大也脸一沉，对她说："你不了解情况就没有发言权，我让大伟学车工是暂时的，他能先进金属制品厂，以后可以做供销、车间领导，过一两年提拔他做厂长。一个人的目光不能只看眼前利益，而是要看得远一点，要放长线钓大鱼。"

水根的妻子阿红现在不在家养母猪了，她也来到金属制品厂上班。她学的是车工，虽然她不识字，但她很刻苦，即使下班回家了还在练习识别油标卡尺。水根说她是个一心扑在工作上的女人。

这天晚上，水根回家了。

阿红说："你脑子进水了，怎么同意丁腐化的儿子进厂了？""丁腐化"是阿红私下给丁大也起的绰号。

水根说："他是村支书，我这个厂长是他任命的，他要我怎样，我只能怎样。不是我脑子进水，而是要风物长宜放眼量。"

阿红说："什么风物什么眼量的，我不懂的。看见丁腐化的儿子，我心里就生气。你看他留着长头发，穿着花衣服，像一个员工吗？跟地痞流氓没什么两样。"

水根说："出厂随便他穿什么，进厂就得穿工作服。"

阿红说："我看他就没穿工作服。"

水根说："很可能还没发工作服给他，如果发了工作服给他，他再不穿工作服，那就要处罚他，扣他的工资。"

阿红说："我看他就是一个定时炸弹，以后你要被他炸得粉身碎骨。"

水根说："何以见得？"

阿红说："丁腐化是什么人，你还不清楚吗？你办制钉厂好好的，他却心血来潮把你拎走，叫你开办这个新厂，把顺顺利利的制钉厂就让给他们。等你这个金属制品厂办成了，很可能他又会把你拎走，丁腐化很可能是想让他儿子做这个厂的厂长。"

水根说："你是仙人，这个你也知道。"

阿红说："外面的话难听死了。"

水根说："是说我吗？"

阿红说："那倒不是，说你坏话的肯定也有啊，但他们不会在我面前说你坏话。如果我听到他们说你坏话，我还不把他们骂死？我听到村里有好几个人在说丁腐化的坏话。"

水根竖起耳朵。

他说："说他什么呢？"

阿红说："说他和石小兰有一腿。石小兰的老公在那个萝卜浦开河工地时，很多个夜里丁腐化都去石小兰家里鬼混。"

水根说："不可能吧，我怎么没有听说过呢？"

阿红说："石小兰这个女人挺骚的，她卖身给丁腐化。丁腐化就推荐她老公做制钉厂厂长。你说这个丁腐化是不是该死？"

水根说："捉贼要赃，捉奸要双，没捉住他俩上床，这种传说就不能算数。你和我如今都在村办工厂，这种小道消息应该不说、不传才好！"

阿红说："但我们得与他俩保持距离，他俩说不定哪天丑事暴露，那就天下大白了！"

一天，上海吴经理故意打电话给汪良财，说他想陪一位朋友来苏州钓鱼。汪良财居然予以拒绝，竟对吴经理说："我又不认识你。"

吴经理说："如果你是汪厂长，阿拉一只铁钉也不要你们的了。"

汪良财说："听你这口气说的，我从来不会相信你这种说大话的人。"

说完，汪良财就把电话挂了。

吴经理气得要吐血。

最后，他打电话给水根。

吴经理说："阿拉打电话给那个汪厂长，他不仅说不认识阿拉，还把电话挂了。"

水根说："这个人平常态度蛮好的，或许他不知道是你。"

吴经理说："是阿拉有位领导朋友想到苏州钓鱼，所以才想着联系他的。"

水根说："钓鱼你联系我也可以的。你什么时间来钓鱼？"

吴经理说："这个星期日。"

水根说："可以，你直接到上次的鱼池，你们到了给我打电话，我会马上过去。"

吴经理说："阿拉现在与你没有生意往来，不可以找你钓鱼的呀。"

水根说："没啥关系的，找汪厂长，或者找我都可以的！"

水根觉得这事非同小可，倘若处理不好，那么阳光制钉厂与上海客户的生意便会亮红灯，这个铁钉生意便会一落千丈。而他与汪良财虽然同在一个厂区，但没有什么业务往来，而且关系也一般，不便对汪良财当面提出此事。水根就去村部找丁大也，让丁大也找汪良财摸摸情况，总之，有则改之，无则加勉。

水根说："上海吴经理打电话给汪良财，说他要来钓鱼，而汪良财没答应，还直接把电话给挂断了，这让吴经理很生气。"

丁大也说："真有这样的事吗？"

水根说："吴经理打电话给我的，我相信他的话。"

丁大也说："吴经理是我们制钉厂的上帝，怎么可以得罪他呢？"

水根说："这个星期日吴经理带朋友过来钓鱼，这个事情我已经安排好了。吴经理说要中止与制钉厂的业务关系，我会借这个机会好好劝说吴经理一下。"

丁大也说："你做得对，你一定要与上海客户解释清楚，这是一场误会而已。"

水根说："那我走了。"

丁大也说："现在我就找汪良财问问情况，必要的时候让他向吴经理当面检讨。"

丁大也便打电话给汪良财，让他来村部解决这个问题。

汪良财本来想去街上理发，现在丁大也叫他速去村部，他心中很是不情愿，他有时也受不了丁大也蛮横的臭脾气。

汪良财来到村部，走到丁大也的面前。

石小兰也在场，她听丁大也说了这件事后也十分生气，她也想说说汪良财。

丁大也问道："上海吴经理打电话给你，说他要来钓鱼，你怎么可以拒绝他呢？"

汪良财说："我又不晓得是吴经理。"

丁大也说："吃啥饭，操啥心。你靠他吃饭，怎么可以不记得他呢？"

汪良财说："他阿拉阿拉的，我一听上海人说话就来气，所以他讲什么话，我记不得了。"

石小兰说："如果我是吴经理，听到你这种话，当场就不会给你下订单了。"

汪良财没好气地对她说："你不要沉船上落石头了。"

石小兰说："你做事情真的不动脑子的，怎么可以得罪上海客户呢？你们制钉厂所有订单都靠他，如果把他得罪了，他不跟你合作了，你这个厂只好打烊了。"

汪良财对她说："跟你说不要沉船上落石头了，你还这样喋喋不休，我心里也有说不出的苦。"

丁大也对石小兰说："你出去，我与良财说几句话。"

石小兰对汪良财说："你好好听书记的话，不要这样糊里糊涂地过日子了。"

石小兰转身离开了。

其实，她没走远，就在办公室门口转悠。

汪良财说："这个事情谁对你说的？"

丁大也说："水根。"

汪良财说："水根他真是一个小人，有这种事情为什么不直接对我说，而要对你说呢？他就是唯恐天下不乱，他就是巴不得我与上海客户关系不好，巴不得制钉厂关门，有机会我会当面责问他。"

丁大也听了这话恨不得给汪良财一脚。在这件事情上丁大也还是同意水根的立场的，他觉得水根这样做是对的，如果水根不调和其中的矛盾，或许上海客户的这个生意真的会失去。丁大也对汪良财说："水根在这件事上没错，而是你错了，你应该答应吴经理来钓鱼的。还有你说水根是小人，这个也不对，万一被他知道了，他以后就不再管这种事，你知道那会出现什么后果吗？"

汪良财说："有什么后果呀？"

丁大也说："这个制钉厂只好关门，你只好下岗！"

汪良财说："可是他搬弄是非，这种人不是小人，还有谁会是小人呢？"

丁大也说："你不要小人小人没完没了。现在我告诉你，至于你怎样与吴经理沟通，怎样挽救彼此的感情，接下来你自己看着办吧。"

汪良财受到丁大也的批评，闷闷不乐地走了出来。石小兰叫住他："我觉得这件事就不能怪水根。如果他捂着事不说，这才是坏透了。所以我对你说，不要去找水根兴师问罪，如果你那样做，被上海人知道了，你这个制钉厂就真的玩完了。"

汪良财说："本来上海人阿拉阿拉的就让我心烦，现在还受到书记批评，我就是那一只风箱里的老鼠——两头受气。"

"你是男人，心量要大些。"石小兰说，"刚才书记怎么对你说的？"

汪良财说："没有说什么，他关照我要与上海吴经理好好沟通，但我真的不知道如何与他沟通。"

石小兰说："你给他打一个电话，道歉是必须的。如果你诚心一点，再带点土特产去上海一趟，给吴经理当面道歉，你就说自己不是故意的，我想他会原谅你的。"

汪良财说："他在上海哪里我都不知道。"

石小兰说："水根知道的，你可以问他。"

汪良财说："我不找他。"

石小兰说："那我找他，问了后再对你说。"

汪良财沉默了片刻，走了。

看着他远去的背影，石小兰想，让这个男人做厂长真是赶鸭子上架啊！

石小兰又四处张望了一下，闪进了丁大也的办公室。

丁大也问："良财人呢？"

石小兰："他走远了。"

丁大也说："良财这个人不会做人，上海人要来钓鱼怎么可以拒绝呢？我不是表扬水根，水根这个人就是'门槛精'，上海人来钓鱼，他不光送饭到鱼池，还好烟好酒送上。老话讲'羊毛出在羊身上'，虽说钓鱼要花掉一些钱，但与上海人把关系搞好了，铁钉多销些，这个钱便多赚了，这个买卖不吃亏啊！"

石小兰说："是啊，良财他脑子转不过弯来。"

丁大也说："平常你也要说说他的。"

石小兰说："我一直说他，说不好他的。没办法了，哎……"

丁大也说："你叹什么气，不是还有我吗？"

石小兰说："你有你老婆，如果我和你老婆掉在河里，你又不会先救我的。"

丁大也说："世界上哪有这样的事？"

石小兰说:"我意思是你还是先救你老婆,这样在世人面前也说得过去。如果你救我,那我俩的事就曝光了,这才是一件很丢人的事。"

丁大也笑着说:"我觉得你的脑袋就是比汪良财灵光。"

丁大也想定一个时间与石小兰约会,这个话还未说出口,丁大也的外甥王大男来了。

丁大也有点不愉快。

看见王大男来了,石小兰连忙走到了门外。

王大男说:"舅舅,我来找工作。"

丁大也说:"村部哪有工作?"

王大男说:"良财都做厂长了,外面人都说这是舅舅你的功劳,'浑水不落外人田',我是你外甥,让你帮着找个工作不算过分吧?"

丁大也说:"良财做厂长都是我的功劳?这话你听谁讲的?"

王大男说:"都在讲。"

"究竟谁在讲?"

"我也是听说的。"

"你还听说什么?"

"说你生活作风有点腐化。"

"说我生活腐化?你讲是谁讲的?"

"我真的听别人讲的。"

丁大也说:"你如此没头没脑,还想找娘舅找工作,没门。"

王大男说:"舅舅,别人看不起我那就算了,舅舅你也这样看不起我,你让外甥怎么活?我要跳河死了。"

丁大也站立起来,手指着门外,吼道:"外面的河没有结盖,你去跳河啊，我活了一把年纪，没见过你这种没出息的东西！"

这时，石小兰回来了。

石小兰看到这个场面，对丁大也说："你外甥来了，为啥事要大动肝火呢？"

"你问他。"丁大也余火未消。

"我来找工作，没说几句话，他就这样对我穷凶极恶。"王大男说。

石小兰对王大男说："你听不听我的话？"

王大男说："我听的。"

"那我告诉你，制钉厂想买一辆小卡车，需要一个司机。"石小兰说。

"可我不会开车。"王大男说。

"你可以学，两三个月就能学会开车。"石小兰说。

"那我想学开车。"王大男说。

"就是学费蛮贵的，不知道你掏得起吗？"石小兰说。

"我没钱。"王大男说，他的眼睛直直地望着丁大也。

"你这么看我干啥？我也没钱。"丁大也没好气地说。

石小兰对王大男说："你和良财都是好弟兄，如果你真想学开车，我来对良财说。这个学费让厂里出一半，你自己出一半，先学会开车再说。现在农村会开车的还不多，以后乡村办厂多了，肯定需要很多司机，所以你有了开车的本事，不愁找不到工作。"

王大男说："还是小兰对我好。谁对我好，谁对我不好，我心里有数！"

丁大也说："你不要尽说这种丧气的话，刚才小兰的话是对的，如果你愿意学开车，舅舅倒是支持你学开车。"

王大男的脸立马转晴，说："世上只有舅舅对我好！"

一个月之后，王大男去学开车了。

丁大也找到汪良财，对他说："我外甥王大男，我把他当儿子看待的。现在他在社会上浪荡，这样下去总不成体统。现在他想学开车，所以我就答应他了。"

汪良财说："书记，你有啥吩咐尽管讲。"

丁大也说："这个学费一两千元，你给报销吧。"

汪良财说："这个，这个……"他说话有点吞吞吐吐。

丁大也说："你不是有废铁卖吗？把这个学费从小账里支付就是了。"

汪良财说："对的，从小账里可以支付。"

丁大也说："这一本小账你也要妥善保管，不要让其他人知道。多一个人知道，就多一级风险，你知道吗？"

汪良财说："我又不是吃猪食的，当然会记得。"

丁大也说："等我外甥车学出来，你厂里就买一辆卡车，让他开车，这样送货也用不上机挂船了。"

汪良财说："听说水根也要买卡车，而且他是自己学开车，不知道是不是真的？"

丁大也说："这个我不清楚，不过我不赞成厂长自己去学开车。"

汪良财说："为什么不赞成呢？"

丁大也说："厂长有厂长的工作，厂长的工作比司机重要，让厂长去干司机的活就是大材小用了。"

"有道理。"汪良财点头称道，又说，"本来我也想学开车的，听了你的话，我不想学开车了。我是厂长就应该干厂长的事情，而不是心血来潮去学开车。"

水根是想买一辆卡车，但因一直在添置车床设备，手头经济紧张，所以暂时只好不买车了。

一天，水根认识了车管所一位张姓领导。张领导对水根说："你想买车，不如租车。"

水根说："到哪里租车？"

张领导说："我单位有空闲的卡车，可以租一辆给你。"

水根说："我也没有司机。"

张领导说："那我连司机一块儿租给你。"

水根说："太好了。"

就这样，水根从车管所租了一辆卡车。司机小牛是一名退伍军人，对工作非常负责，水根索性让他兼任供销员。小牛吃住都在厂里，真的是随叫随到。

年底分配奖金时，水根要给小牛发些奖金。

小牛说："车管所会给我的。"

他一分奖金没拿。只是第二年，因工作需要他被调到上海去了。于是，水根把那辆卡车又还给了车管所。

干活不要奖金，世界上竟真有这样的人。小牛在后山村留下了一段佳话。

上海洗衣机厂的赵科长了解到水根的现状后，非常支持水根创办这个金属制品厂。他看水根身边缺少技术人才，就将上海松江的一对中年夫妻介绍给水根，这对夫妻是做模具的，车钳刨磨（指车床、铣床、刨床、磨床加工技术）样样精通。

夫妻二人都姓钱。水根与他们开玩笑："你们都姓钱，你们是双钱，是给我送钱来了。"

钱师傅刚来时，水根领他参观工厂。当看到磨床磨轴时，钱师傅说："这样磨质量难以控制，而且一天也磨不了多少轴。"

水根向钱师傅介绍道："做磨床的是我妻子。"

钱师傅说："老板娘还在车间做工啊，做这个磨床蛮辛苦的。"

阿红说："不辛苦，就是这手要一直接触水，手指头容易烂。"

钱师傅说："你可以戴尼龙手套。"

阿红说："以前戴过尼龙手套，但做活不太方便。"

钱师傅仔细看着磨床，还拿起轴反复端详了一番，说："磨这个轴应该做一个工装（这里指一种齿轮轴磨齿工装），将轴固定在工装里，这样可以实现自动操作，而且每天磨的数量也可以大大提高。"

水根一听很感兴趣，忙说："钱师傅，那这个工装请你负责设计吧。"

钱师傅说："我来试试。"

不到一星期，这个工装就完成了。钱师傅将工装安装在磨床上，然后他将一捧轴装入工装夹具里。磨床响了，那轴一根连着一根开始加工……有了这个工装设备，不仅生产的轴的质量得到了保证，而且生产速度也提高很快。

阿红对钱师傅说："像这样做，我看两台磨床也可以。你的本事真大，别人我不佩服，就是佩服你！"

水根对阿红说："那你拜钱师傅为师吧。"

阿红说："可惜我不识字，如果我识字，我肯定愿意拜钱师傅为师。"

夜里，阿红对水根说："厂里有许多工艺可以请钱师傅做工装，这样可以节省很多人工。"她算了一笔账，原来她一天加工轴只有一千五百根，现在每天可以做到三千五百根，真是不算不知道，一算吓一跳。

水根说："是的，钱师傅说这个锯床也可以改成自动的，他说只要买到自动化开关就可以。"

阿红说："那你得改自动化，这个自动化开关苏州买不到，就到上海去买，我想只要市场上有这样一件东西，总归能够找到的吧。"

第二天，水根亲自到苏州东中市找这种自动化开关，但没有找到。

有人给他说上海应该有的。水根一鼓作气，就到上海去买。功夫不负有心人，他终于在上海淘到了这种自动化开关。那时候市面上还没有自动化锯床，当然现在这种自动化锯床已经很普遍了。这就是时代的快速发展！

丁大伟学车工半个月不到，就不想学了。他气呼呼地对丁大也说："他们每天叫我做车粗轴，这样我做到头发白了也没有什么出息，我不高兴做了。"

丁大也说："我问过水根厂长的，他说学车工就得从车粗轴做起，只有学会车工技术了，才可以做车精密零件。"

丁大伟说："整天在车间做活，我吃不消了。"

丁大也的妻子（以下称丁妻）插话说："大伟年纪还小，大也你找水根谈谈，看有没有轻松一点的活。如果厂里实在没有轻松的活，那就让大伟离职，何必要让他受这种苦！"

丁大也说："年轻人应该吃点苦的。年轻吃苦，以后就是一笔人生财富。"

丁妻说："你不要在孩子面前高谈阔论了，还是给儿子想想办法吧。"

丁大伟说："反正还让我做车工的话，我就不做了。"

丁大也说："如果是制钉厂汪厂长，我想怎样，是十拿九稳的事。但这个金属制品厂厂长是林水根，我拿他没有什么办法，他不太听我的话，这个事实你娘也知道，如果我与他反目，他说不干了，很可能这个厂就运作不起来了，这是我的担忧。"

丁妻对丁大伟说："大伟，你爸做人也挺难的，你也要体谅你爸的难处。总之你要听你爸的话，不要任性，不要说丧气的话。"

丁大也问丁大伟："那你想做什么工作呢？"

丁大伟说："让我去学开车吧。"

丁大也说："你要早想学开车，我就不叫王大男学开车了。"

丁妻说："在你爸心里外甥就是比儿子还重要。"

丁大也对妻子说："你还说这种风凉话。"

丁妻回敬道："我哪是在说风凉话。"

丁大也说："现在不是与你比嘴皮子功夫的时候，还是想一想大伟的工作吧，我也想让大伟有一份体面的工作，并且想保障他将来也有比较好的生活。"

丁妻说："大伟不是想学开车吗？那就让他去学开车。"

丁大也说："大伟学开车后到哪里开车呢？"

丁妻说："那个水根的厂子迟早也要买车的，到时候就让他去水根厂里开车吧。"

丁大也苦笑一声，说："水根这个人真的是铁面无私，他不一定会让咱儿子开车，我也不可以与他硬碰硬。"

丁妻说："那你与他软商量（软商量，在苏州话里是好好商量的意思）。"

真是恨铁不成钢。丁大也本想让大儿子丁大伟先从车工做起，然后再让他当副厂长，直到做厂长，到时候让水根再去开发新的工厂。而现在丁大伟却不愿学车工了，这下可把丁大也的一盘棋打乱了。

丁大也还想再劝说一下丁大伟，让他回心转意。

丁大也说："吃得苦中苦，方为人上人。你现在学车工是很苦，但你要想到，以后这个厂让你负责，你不懂技术的话又怎么当领导呢？"

丁大伟说："我又不想做厂长。"

丁大也说："不想做将军的士兵不是好士兵，有谁不想做厂长呢？我看，你真是胸无大志。"

丁妻也劝导丁大伟："大伟，你就听一回你爸的话。明天还去上班，当作什么事情也没有发生一样。"

丁大伟说："我说过不去了。我就不去。"

丁大也说："你不去，总得和水根厂长讲一声。你不讲一声就走，这样就把自己以后的路堵死了。"

丁大伟说："那我不管。"

丁大也说："那这样吧，我也同意你不学车工，也不要去学开车。毕竟开车很危险的。"

丁妻说："你爸说得对，开车不是你撞人，就是人家撞你，总之开车有生命危险的。"

丁大也对妻子说："开车没有你说得那么严重，按照你这么说，谁还敢开车呢？"

丁妻说："反正我感觉开车很危险的。"

丁大也说："凡事认真一点就行，我原本不想让大伟学开车，想让小伟学开车的，我也是从全局考虑的。"

他顿了一下又说："大伟，你还得学会一门技术，因为我想培养你做厂长；而我想让小伟学开车，是培养他做销售。以后你们兄弟俩，一个在内治厂，一个在外打天下，以后后山村依然是我们丁家的天下！"

丁妻对丁大伟说："我就佩服你爸有眼光，就是比我站得高、看得远。"

丁大伟沉默不语。

丁大也说:"当然,你不想学车工,我也不会勉强你。现在我又有了一个想法,要不你就学开模具(即制造模具)吧。金属制品厂新来了一对上海夫妻,他们开模具可以的,我对水根厂长说一声,让你跟他们学开模具吧。"

丁大伟说:"开模具也要会车工的。"

丁妻说:"学车工很好的,这门技术会了,你这辈子就人生得意了。你爸的这个想法好,我双手赞成,你就老老实实跟他们学开模具,你学会了这种本事,不一定要在村办小厂工作的,也可以到外面的大厂工作。真的,你爸这个想法很不错!"

在丁大也和丁妻轮番劝说下,丁大伟同意学开模具。

丁大也对丁大伟说:"我与水根厂长讲好后,你不能不学的啊!"

丁妻对丁大伟说:"别的小孩要进厂都犯难,而你还可以挑选工作,身在福中不知福,你应该知足了。"

丁大伟说:"要我好好学开模具,我要看师傅对我好不好。他对我不好,我是不会一直学下去的。"

丁妻说:"你怎么可以这样呢?"

丁大也对丁大伟说:"可以的。据我了解,这对夫妻是从上海过来的,技术不错。你只要虚心好学,一两年下来,你就会出师的。到时你翅膀硬了,父母脸上也有光彩了。"

丁妻说:"你真的要好好学,不要给父母丢脸。"

丁大伟说:"我晓得了。"

第二天上午，丁大也就去找水根。水根穿着工作服，正在车间调试几台新到的车床。

丁大也来到了车间，找到了水根。

"这些机器刚到的吧？"丁大也说。

"昨天到的，今天去借水平仪，将车床校正一下。"水根说。

"你懂这些技术，所以做起事来得心应手。"

"边做边学。"

"是的，你从一个农技员成长为一个优秀的厂长，这与你平时不断学习分不开的。"丁大也嘴巴上如此说，但心里还是对水根有成见的，比如水根购买这些机器竟然没跟他说一声。

"书记，你找我有事吗？"水根问。

"有点小事。"丁大也说。

"那我们到办公室去。"水根说，"对了，今天怎么没有看见丁大伟呢？"

"他昨天受凉了，夜里发高烧，我一是来替他请假，还有找你商量一件小事。"丁大也说。

"员工请假找车间主任的，这样吧，我与车间主任讲一声。"水根说。

他俩来到了办公室，水根倒了一杯白开水递给丁大也，说："喝白开水吧，茶叶喝光了，这几天都没有去街上买茶叶。"

"茶叶，我有，等会儿我给你送两罐过来。"丁大也说。

"不用的，你留着自己喝吧。"水根说。他不想收下丁大也的茶，因为他明白，这茶肯定是别人送给丁大也的，水根觉得这样的茶不干净。

"茶叶，我有很多，有碧螺春，有西湖龙井茶，你喜欢喝什么茶？"丁大也问。

"我喜欢喝白开水，只给客户备上一点茶叶。"水根说。

"冬天我喜欢喝红茶，其他季节我就喝绿茶。"丁大也喝了一口白开水又说，"我听说蒋介石不喝茶的。他一个浙江人不喝茶，我有点搞不明白。"

水根的心在调整机器上，但村支书来了不好不奉陪。

"大伟这小子以前没干过重活，所以他干了十几天车工，胳膊都抬不起来了，他娘便不舍得他了，非得要我给他换一个工作，不然他要到外面寻找工作去了。"丁大也说。

水根说："在我看来，大伟还是不愿意吃苦。其他几个年轻人都和他一样在做车床，我没有听到有哪个人在叫苦叫累的。"他拿起热水瓶给丁大也的水杯里倒了一点热水。

丁大也听了水根的话，心里有点不舒服，但他脸上没有显出一丝不快，他说："是啊，这孩子从小被他娘宠坏了，而我一直在外头工作，对孩子关心太少了。"

水根说："其实，大伟学车工蛮好的，因为车工是基础技术，学会车工，其他工种比如钳工、刨工都触类旁通。我觉得年轻人就应该学会一门技术，有技术的人到哪里都可以吃饭，以后没有技术的人到哪儿都不好找工作。"

丁大也说："现在事实情况就是这样的，大伟想学开模具，所以我厚着脸皮找你来了，你就安排他跟那对上海夫妻学开模具吧，也省得我每天回家被老太婆烦。"

水根早料到丁大伟学车工时间不会长的，但他没想到这小子不想学车工却想学开模具。其实学车工还是比较简单的，只要识得游标卡尺，并且会手动操作车床就行；而开模具则复杂多了，比如那冲床模具，有的零件需要拉升，那个模具非常难设计，所以想学会开模具不下苦功不行。

水根想摇头回绝丁大也的但，转念一想，丁大也是有备而来，如果自己直接拒绝他，很有可能丁大也会为此事跟自己撕破脸皮，因为他是一个"不达目的，誓不罢休"的人。

水根说："学开模具也需要车工基础，如果不会车工，学开模具也很困难，等于造房子，不打好地基，房子盖不起来。"

丁大也说："就让他学开模具吧。即使以后让他做车床，也有师傅指导他，这样比较好。"

水根说："还是他自己要有吃苦精神，有奉献精神，这样不管学什么，都应该能学会。"

丁大也说："所以我愿意让他跟着你，这样我才放心。俗话说'火车跑得快，全靠车头带'，你有吃苦精神，又有创业实干精神，所以我一直对大伟讲，要他向你学习，向你看齐。"

水根说："我做得不够好，难以成为他的榜样。"

丁大也说："你就是他学习的榜样，你是我们后山村工业经济的开路人！"

今天丁大也特别高兴，因为水根答应了让丁大伟学开模具。

丁大也对水根说："我要见见上海的模具师傅。"

水根说："模具师傅夫妻俩都姓钱，我去叫他们过来。"

丁大伟想学开模具，钱师傅感到压力很大。他对水根说："如果丁大伟半途不愿意学了，你说怎么办？"

水根说："那随便他去。"

钱师傅说："我不是担心自己，而是担心你。倘若他儿子那样，这个书记会不会给你穿小鞋？"钱师傅对丁大也与水根之间的关系一目了然。

水根说："他应该不会对我怎样。"

钱师傅说："那这个徒弟收不收？"

水根说："还是收吧。我的想法是他是村支书，现在我们只能听他话。"

钱师傅没想到，丁大也见到他就要请他上饭店吃饭。丁大也说："大伟在家里，现在我叫人把他叫过来，我们一块儿去饭店吃一顿拜师饭。"

钱师傅摇头，说："真的没时间，我在抢修一副模具。"

丁大也说："下班后还要工作吗？"

钱师傅说："要的，这个工装急着要。"

丁大也对钱师傅说："那等有机会我再请你和水根厂长上饭店吧。以后大伟是你徒弟了，他做得不对的地方，你尽管批评他！"

钱师傅说："对他肯定会说一些批评的话，我学开模具的时候，有次还被师傅踢了一脚。当然我是不会那样做的，但希望大伟上班不可早退和迟到，这是最基本的要求。"

丁大也说："他有什么问题，你也可以对我说。"

钱师傅说："像我做这个模具开夜工是经常的，最好他也能开夜工，不知道他能不能做到？"

丁大也听了钱师傅的话没有立即回答，而是沉默了一会儿，才说："我回去会转达师傅你的话，我的观点就是，既然他跟你学开模具了，毫无疑问就要听你的话，你说开夜工就要开夜工，这样才能学到本事。"

钱师傅说："是的，学开模具主要还是要多做，动手能力很重要的。"

最后，钱师傅对丁大也说："这样吧，让大伟先跟我两个月时间吧，如果他认为可以，就跟我学下去；如果他认为不可以，那他就转行。你说这样可以吗？"

丁大也说："可以！"

第二天早上7点半，丁大伟准时来上班了。这是他第一次准时上班，以前他总是要迟到几分钟，看起来他对学开模具的态度是比原来学车工积极些了。

阳光制钉厂买了一辆小卡车。之前丁大也与汪良财讲好，让丁大也的外甥王大男到制钉厂开车。现在卡车已经买回来了，但王大男还在外面学开车。

那天，附近一个建筑工地需要几箱子铁钉，一时也找不着司机，汪良财自恃开过拖拉机，所以他发动了卡车，想自己送货。当卡车开出大门时，险些把传达室撞了，吓得门卫大喊救命。

卡车好不容易来到了建筑工地。

这时，前面有个民工正推着手推车经过。汪良财竟然不知道喇叭怎么按，结果卡车直接撞了过去，那个民工猝不及防，飞出五六米远，当即昏迷不醒。

许多民工围了过来，汪良财吓坏了。

有人赶紧将那民工送医院抢救，后来经诊断为脑震荡。这次车祸，制钉厂花去医疗费、误工费近两千元。丁大也指着汪良财骂道："你不会开车却开车，你作死啊！假如这个民工被你撞死，阳光制钉厂全部家当赔给他也不够。"

因汪良财是无证驾驶，这又是"罪加一等"。丁大也便四处活动，找乡里领导说情，最后汪良财没有被治安处理，找了一个司机做替罪羊，这事就算马马虎虎对付过去了。

这事当然瞒不住石小兰。

石小兰对汪良财说："你上有老，下有小，万一你自己闹出人命，那怎么办？"

汪良财说："我自己开车，我不会有生命危险，但很可能把那个民工撞死。"

石小兰说："你做事太冒险了，我想一想都害怕。"

汪良财说："以后我保证不开车了。"

石小兰说："我是为你好，你可不要对我一副'横眉冷对'的模样。"

汪良财说："那好，我'俯首甘为孺子牛'。"

石小兰说："丁书记才是'俯首甘为孺子牛'，为你这事他跑上跑下的，你说咱要不要感谢一下他啊？"

汪良财说："是要感谢他的。"

石小兰说："你想怎么感谢他？"

汪良财说："去买两只大甲鱼送给他吧。"

石小兰伸手拍了他肩膀一下，说："不行，我晓得丁书记最不喜欢人家送他甲鱼了。以前有个社员送给他两只甲鱼，直接被他甩出门外的。"

"为什么呀？"

"丁书记很迷信的，他认为送大甲鱼给他，就是骂他不是人，而是一只大甲鱼，所以我们不能送他大甲鱼的。对了，他喜欢野生鳗鱼，我们就买两条野生鳗鱼给他吧。"

"那就这样讲好了。"汪良财说。

那天，钱师傅安排丁大伟做铣床加工物件，要求他在一块铁板上铣一个正方形的孔，可他心思并不在铣床上，东张西望的，结果那个孔铣成了长方形。见此，钱师傅说他道："你怎么搞的，我要你铣正方形，你怎么铣成了长方形？这一块铁板几百元，就这样白白被你浪费了。"

　　丁大伟说："不会浪费吧。"

　　钱师傅说："怎么不会浪费？"

　　"把那个孔焊上，重新铣一下，不就可以了吗？"

　　"你真的聪明，看来我要拜你为师傅了。"

　　"那么请教师傅，我哪里不对了？"

　　"那么大的孔，你有本事焊补吗？又不是一个小眼，现在是不可以焊补上的。"

　　"那这一块板还可以派别的用场吧，又不会当废铁的。"

　　"那这块板先卖给你，看哪一天用得上它了，你再卖给我好吗？"

　　"我要这个铁板做啥？"

　　钱师傅说："不要强词夺理了，你做错了就做错了，每个人都可能犯错，犯了错误不要紧，能够改正错误就是好同志，问题是还不承认自己做错了。"

　　丁大伟听完，丢下一双手套走了。

　　钱师傅开始以为他是去上厕所，但一个小时过去了，他还没有回来。钱师傅便去厕所寻找，可连丁大伟的影子都没有找着。于是，钱师傅只好找水根汇报了。

　　水根说："这小子很可能不在厂里了。"

　　钱师傅说："他把一块铁板铣错孔了，我说了他几句，他竟然说这一块铁板不可能浪费的，只要找电焊工焊补便可以的。他一点都不承认自己做错了。"

水根说:"天要下雨,娘要嫁人。他要走,随他去。"

　　钱师傅说:"不是看在丁书记的面子上,像这种小年轻我是不会带他的。"

　　水根说:"是啊,毕竟他老子是村里的书记。我们就像孙悟空,即使会七十二变也跳不出如来佛的手掌。"

　　钱师傅说:"你不能,我能的。"

　　水根说:"是的,你能的。你要是也一走了之,那就苦死我了。"

　　二人正说话的时候,桌子上的电话响了。

　　水根说:"肯定是村支书的电话。"

　　钱师傅说:"不会吧?"

　　水根拿起电话,一听果然是丁大也的声音。丁大也说:"这个小赤佬说钱师傅骂他,不给他面子,不尊重他。他不愿意跟钱师傅做了,他被我骂了一顿。"

　　水根说:"丁书记,这件事情我要向你说明一下,大伟在做铣床时,将一块铁板铣错了,钱师傅说了大伟几句,大伟还顶嘴,而且走也没有讲一声。钱师傅是厂里的技术骨干,目前来讲离不开他,现在问题是钱师傅也有一点思想问题,他对我说他也想走……"

　　听水根讲钱师傅想走人,丁大也觉得这个事态严重了,这回丁大伟真的惹出大麻烦来了。

　　丁大也立即心事重重,在屋里转来转去。

　　丁妻说:"老话说'一只碗不响,两只碗叮当',大伟是有不对的地方,但钱师傅肯定也有不对的地方,这件事情也不能全部怪到大伟头上。"

丁大伟说："你还帮着儿子说话，这样下去他成不了大气候。"

"什么大气候？"

"哎呀，就是说他做不了大的事情。"

"世上人人都做大的事情，那么小的事情谁去做呢？大伟做不了大的事情，就做一些小事情好了。像你做村里的书记，但村里更多的人是做普通老百姓，难道他们就不活了吗？"

丁大也冷笑一声，说："好了，你不要我说一句，你还两句。即使你说得很有理，这个没有什么意思啊。我们不得不承认，大伟这个小孩脾气太倔。老祖宗传下来的，徒弟就应该听师傅的话，即使师傅讲错，徒弟也还得听。"

丁妻说："那是旧社会的师徒关系，现在是新社会，是80年代了，这个师徒关系早已过时。"

丁大也说："那我问你，现在的师徒关系应该怎样呢？"

丁妻说："我认为，现在的师徒关系应该是你敬我一尺，我敬你一丈。"

丁大也说："你这句话是说对了，现在问题就出在大伟身上，他把活做坏了，钱师傅说他几句有何不可呢？他偏偏不听，偏偏要还嘴，偏偏要不辞而别，你说这是不是都是大伟的错？"

丁妻说："那怎么办呢？"

丁大也说："明天一早，我带大伟去找钱师傅赔礼道歉，只要我们做到诚心，我想钱师傅也会看在我的面子上不会走人的。"

丁妻说："大伟不去怎么办呢？"

丁大也说："他不去，我叫几个民兵来，用绳子绑也要绑他去。"

丁妻一听急了，她说："你千万不能叫民兵绑人啊！我现在就去做做大伟的思想工作，让他明天一早跟你去厂里。"

丁大也说："这事也只有你去做大伟的思想工作了。"

丁妻走到丁大伟房间，只见他躺在床上，鞋子都没脱。丁妻说："大伟啊，你睡觉，鞋子总归要脱的吧？"说着，伸手帮他脱了鞋子。

经丁妻苦口婆心的劝说，丁大伟最终答应明天一早跟父亲去厂里。

第二天早上 7 点刚过，丁大也父子俩就来到了金属制品厂。出门时丁大也关照过儿子，见到钱师傅要问好，还要说声对不起。

水根每天 7 点上班的，他比丁大也父子俩早到厂里。

他看见丁大也父子俩走进来，心想估计丁大也是带儿子找钱师傅赔礼道歉的吧。于是，他便迎了上去。

果然，丁大也是来找钱师傅的。

丁大也说："哎呀，大伟没有规矩，被我骂了一通，他不想到厂里做了，我对他说不做怎么行。今早我带他来上班，我要他当面向钱师傅赔礼道歉，从此痛改前非。"

水根说："昨天我与钱师傅交流过，现在他心里没有什么问题了。"

丁大也说："钱师傅在哪里？"

水根说："我看见他往车间里去了。"

丁大也说："那我们去找他。"

水根说："你到我办公室吧，我去叫他。"

丁大也说："我跟你一块去找。"

他们便向车间走去，丁大伟跟在后面。丁大也对他说："你见到钱师傅，跟钱师傅问个好、讨个饶，你就去正常上班，以后好好听钱师傅的话，不要再说不干就不干了。"

丁大伟不置可否。

丁大也说："我对你说的话你听见了没有？"

丁大伟不耐烦地说："听见了。"

钱师傅穿着蓝色工作服已经在装配模具了。

水根对他说："丁书记看你来了。"

丁大也伸出手来，想与钱师傅握手，钱师傅伸手道："我手脏的。"

丁大也说："钱师傅，我带大伟来给你赔礼道歉，你大人不计小人过，请你原谅他！"他又对丁大伟说："快给钱师傅赔礼道歉！"

丁大伟这才轻声地说："对不起。"

丁大也说："你说话声音不会响点吗？好了，没你的事了，你帮师傅做活吧。"

丁大也又对钱师傅说："真对不起，大伟太不懂事，让你生气了。"

钱师傅说："我没生气，现在他来上班就好！"

钱师傅关照丁大伟道："今天我装配模具，你在旁边看，做事需要用点心！"

丁大伟说："你指挥，我来装配。"

钱师傅说："这套模具有点复杂，还是我来装配，你在边上当我助手就可以了。"

看着师徒俩这一幕，丁大也露出了满意的笑容。

水根说："丁书记，到办公室去喝茶。"

丁大也说："有空再找你喝茶。今天王乡长要来，不知道有什么事情。"

水根说："你看见王乡长代我问一声好，上次他批了两吨平价柴油给我厂里，我还没有当面感谢他哩！"

丁大也的外甥王大男拿到驾驶证了。那时候，乡下很少有汽车，他是后山村拿到驾驶证的第一人。

王大男来到阳光制钉厂，负责开那辆卡车，这让他兴奋无比。

那天，王大男在街上饭店摆了一桌酒席，拟宴请丁大也和汪良财等人。

王大男对丁大也说："叫舅母一块去。"

丁大也说："还有啥人？"

王大男说："还有汪厂长和石小兰。"

丁大也说："既然请了他们，那就不用请你舅母了，就我自己去吧。"

王大男说："可我已叫舅母了。"

丁大也说："你这个人做事就是鲁莽，我晓得了，我来处理吧。"

丁大也不想叫老婆去是有缘由的，因为石小兰也要去的，这样两个女人见面了，万一自己喝醉酒说漏嘴了，他与石小兰的事被老婆识破了那可不好，所以一定不能叫老婆前往。

丁大也对老婆说："今晚王大男请客，正好王乡长要来村里，所以我想请他一起吃晚饭。"

丁妻说："王大男本来也叫我的，我也答应他的，但现在王乡长要去，那我就不去了。"

此言正中丁大也的下怀。

当天傍晚，王大男第一个到了饭店，他负责点菜。

饭店老板娘说："有一条十三斤重的大鲢鱼，你要不要？"

王大男说："我们只有四五个人，这么大的鱼吃不完。"

老板娘说："可以三吃，一个鱼头汤，一个红烧鱼尾巴，鱼中段可以做熏鱼，这个熏鱼吃不了可以打包带走。"

王大男手一挥说："那就来一条大鲢鱼，我要三吃。你这里有什么特色菜？"

老板娘说："草鸡汤点的人很多，那草鸡是养在阳澄湖滩上的，一般要预订才吃得着，今天正好多一份，要不这份草鸡汤留给你？"

王大男说："好的。还有什么特色菜呢？"

老板娘说："有自己做的蛋饺，点的人也很多的。"

王大男说："那好，来一份蛋饺。"

老板娘说："要几只？"

王大男扳了扳手指，说："五只。"到场应该是四个人，每个人吃一只蛋饺，那就需要四只，王大男多点一只蛋饺，是考虑到如果还来一个人也有蛋饺可吃。王大男是这样想的，看来这个人粗中有细。

老板娘说："好的。那再点几个蔬菜，我看差不多了。"

王大男刚点好菜，丁大也和石小兰来了。

王大男问："汪厂长呢？"

石小兰说："他要晚点过来，他要我们先吃起来。"

汪良财还没到，石小兰说他们可以边吃边等，但丁大也却说："就这几个人，等等汪良财吧。"

王大男找老板娘吹牛去了，现在包厢里只有丁大也和石小兰。

丁大也说："好久没见你，我想你了。"

石小兰说："我也想你了。"

丁大也走到她面前，伸出双手抱住她。

石小兰推开他说："这样不好，被老板娘知道，那全乡人民就知道了。"

丁大也说："她不会说的，如果她乱说，以后我就不到这里吃饭。"

石小兰说："不好的，良财快来了。"

丁大也说："要不我把这个门锁上，就在这里让我亲亲你吧。"

石小兰说："亏你想得出来，要是被你外甥一脚踹开门，你说怎么办？"

丁大也说："被我外甥看见也不要紧的，干脆我叫他在门口把守。"

石小兰说："你脑子进水了吧？"

丁大也说："你误会了。我会对他说，我与你商量一点事情，不要让别人进来。我又不会对他说，我与你在包厢亲热的。"

石小兰说："良财说来就要来的，如果你真想抱我，那等吃完晚饭再看有没有机会了。"

丁大也说："没有机会就创造机会，今晚我来和良财喝酒，我把他灌醉，那机会不是来了嘛。"

石小兰说："那不行，他喝醉了酒就发脾气，要摔东西的。"

这时，外面传来了脚步声，他俩迅速分开。

原来是王大男回来了。

丁大也想支开王大男，还想抱抱石小兰，所以丁大也对王大男说："你到小水泥桥堍去看一下良财来没来。"

王大男说："我去看看。"他飞快地走了出去。

丁大也连忙抱住石小兰，说："我想到一个好地方。等喝酒中途，我和你溜出去，到那里让我好好亲你。"

"哪里？"

"就是那座小桥的桥洞里。"

"你怎么知道的呢？"

"天下无难事，只怕有心人。那地方我早就留意看过的，而且夜里也没有人会去桥洞里。"

"那等会儿看吧。"

汪良财终于来了。汪良财没来之前，王大男像热锅上的蚂蚁，急得团团转。

石小兰一见汪良财，就说："你手上那么脏，你在做啥呀？快去洗手！"

汪良财说："大阿弟师傅有事去上海了，刚好有一台制钉机坏了，我在修机器。"

丁大也说："哎哟，良财我对你刮目相看了，现在你都会修机器了啊！"

汪良财说："小毛病会修的，要吃饭没办法，只好自己动手。"

丁大也说："对的，自己动手，丰衣足食！"

石小兰对汪良财说："大家肚子早都饿了，都在等你了，你快去洗手，今天好好陪丁书记喝一盅酒。"

汪良财去洗手了。

丁大也对石小兰说："我真想不到良财会修机器了，看来环境能够改变人的，他这种吃苦精神值得赞扬。"

石小兰说："我也是支持他工作的，你不赞扬我吗？"

丁大也说："你们夫妻俩我都要赞扬！"

王大男插嘴说："我到制钉厂开车，从此以后就跟着良财阿哥混日子了。"

丁大也听了他的话，对他说："你这话开玩笑可以说，但你到了制钉厂一定要好好开车，千万不要有混日子的想法，这是一种消极的想法，是一种没出息的想法。"

王大男说:"天上老鹰大,地下娘舅大,我保证听舅舅的话,我会好好开车。"

石小兰说:"制钉厂有了卡车,送货就方便了。以前我一直挺担心机挂船的,特别是雨天,这个船经过阳澄湖,现在湖里木桩、石柱挺多的,万一船底漏水那可是要沉船的呀。"

丁大也说:"这种苦日子总算熬出头了。"

现在,王大男手里拿着一瓶白酒,他要给丁大也倒酒。

丁大也双手捂着杯子,说:"这两天,胃不舒服,我不喝白酒。"

王大男说:"舅舅,你能喝两斤白酒的,今天怎么可以不喝呢?"他非要给丁大也倒酒。

石小兰对王大男说:"你舅舅胃不舒服,就不要让他喝白酒了。"

丁大也说:"外甥,你一直讲要听舅舅的话,怎么这回不听我的话呢?"

王大男说:"舅舅的话就是最高指示,我哪有不听你的话?"

王大男哪知道丁大也和石小兰一唱一和地在唱双簧哩。

石小兰心里有点矛盾,她心里不愿意让汪良财喝醉,但也希望汪良财喝醉,因为只有汪良财醉了,她和丁大也才可以趁机出去约会。

汪良财说:"丁书记,你对小弟非常关照,今天我要好好地敬你三杯酒!"

丁大也说:"若不是我胃不舒服,今天我肯定是要喝白酒的。"

汪良财说:"这样吧,你喝白酒,你少喝点,象征性地喝点,我一个人喝白酒没劲!"

丁大也说:"好,那我也来一点白酒。"

王大男就给他倒上了一杯白酒。

丁大也说："太多了，太多了。"他要倒掉半杯白酒。

汪良财用手制止，他说："丁书记，你就喝这一杯酒，这一杯白酒下去，可以暖暖胃，不会不舒服的。"

丁大也摸了摸胸口，说："那好吧，今天我就喝这一杯白酒，喝多了胃会出血。"

石小兰对丁大也说："那你少喝点，胃出血，我听着就害怕。"

她又对汪良财说："你也少喝点白酒，多吃一点菜吧。"

汪良财笑道："我还年轻，我胃很好，现在我不喝白酒，等到什么时候喝呀？再说我喝醉了，老婆你不会见死不救吧？"

石小兰说："你喝醉了，我又背不动你。"

王大男说："我来背，没问题。"

他又对汪良财说："阿哥，今天我陪你喝白酒，我要敬舅舅三杯酒，也要敬你三杯酒。"

石小兰伸了伸舌头，故意问："那我呢？"

王大男说："当然，我也要敬你三杯酒！"

汪良财和王大男喝酒很起劲。丁大也悄悄地走了出去，他走到那座小水泥桥上，他想先去观察一下那个桥洞，然后叫石小兰出来。

夜很黑，月亮和星星都不知道去哪儿了。街上也没有什么路灯，只有从居民家里露出的点点微光。

可让丁大也感到失望的是，那个桥洞旁边停泊着一只小船，那小船搭着帐篷，里面还亮着煤油灯。

望着这只小船，丁大也失望极了。

丁大也很是泄气，他真想捡拾一块石子砸那只小船。当他走回饭店，看见石小兰立在包厢门口。他便向她招了一下手，示意她过来。石小兰便低头向他走来，两个人走到一个转角处。

丁大也说："那桥洞不能去了。"

石小兰说："为啥呀？"

"有一艘船停泊在那里。"

"船上有人吗？"

"有的，煤油灯亮着。"

"那就不好去桥洞了。"

这时，王大男出现了。

石小兰连忙说："我们到包厢去，其他事等吃完晚饭再说吧。"

丁大也说："好！"

石小兰装模作样地先回到了包厢。她一只手搭在汪良财的肩膀上，说："我叫你少喝点酒，多吃一点菜！"

汪良财说："这点酒算什么？"

王大男看到了丁大也，他跑上前去，说："舅舅，你到哪里去了呀？"

丁大也说："刚喝了几口酒，胃有点不舒服，去河边散散心。"

王大男说："哎呀，舅舅你去河边，你应该叫上我。"

丁大也说："你好好陪良财喝酒，今天舅舅交给你一个任务，你要想办法完成它。"

王大男说："什么任务？"

丁大也说："今晚一定把良财灌醉了，不过你不要对小兰讲是我交代你的任务。"

王大男说："我保证完成你交给的这个光荣任务。你放心，外甥是吃大米饭长大的，不是吃猪食长大的，你交代我的话我放在心里面，一个字也不会对别人说。"

丁大也说："这才是我的好外甥哇！你好好跟着良财干，你要争气。村里有人说你没出息，你就要干出一番事业来。你干出成绩来了，那些看不起你的人也会看得起你的！"

王大男说："舅舅，我们先到包厢里面去。"

就这样，丁大也跟着王大男回到了包厢。石小兰迎了上去："丁书记，你回来啦，刚才我到外面找你，找到河边都没有看见你，你到哪里去了呀？"

这不，石小兰与丁大也又开始唱双簧了。

也就在同一天晚上，水根在上海被关在了屋子里。

那天晚上，水根在上海。他提了一些土特产去拜访洗衣机厂副总经理段某。水根想多接一点车床加工的活。

段某问："你是哪里人？"

水根说："苏州来的，我们工厂做洗衣机轴。"

段某说："苏州，不是金属制品厂吗？"

水根说："是的，你记性真好！"

段某说："苏州就两个厂家，一家做注塑的，另一家是你们做车床加工的。"

水根说："那家做注塑的就在我们附近。"

段某说："那很好啊，我与这家厂的厂长比较熟。他们厂我去过，规模很大的。"

水根把几包土特产放在地上。

段某说："你来看我可以的，但不要送东西。"

水根说："苏州的土特产，一些不值钱的东西。"

段某说："去年阳澄湖有家塑料厂来找我，他们想做注塑。我们的同志去考察了这家工厂，结果对他们印象不是很好，一个是他们注塑机吨位小，二个是车间堆放乱、管理跟不上，所以我就没同意让这家厂加入我们的供应商体系。"

水根说："段总，所以我今天来感谢您。感谢您对我们金属制品厂的关怀和支持，现在新型洗衣机即将开发，所以我想把这个新轴包下来。"

段某说："我会考虑的！"

这时候，突然响起了敲门声，段某便走到门口，他通过门上猫眼向外望，而后回头对水根说："是一个浙江客户，你到房间回避一下。"

水根不觉心里怦怦直跳。

他急忙退到里面房间里。

可是来人并没有立即离开，而是坐了下来，与段某"武当论剑"起来，两个人竟然攀谈了一个多小时，也就是说水根被禁闭在屋子里有一个多小时。

段某说："这个人太能讲话了，我都提醒他可以了，但他好像没明白我的意思，让你在里面待了那么久，真的抱歉。"

水根笑说："没关系，我在屋子里睡着了。"

其实，他哪有睡觉啊。他一直在屋子里，眼睛睁得大大的，虽说看不到什么。

不过，这让段某记住了水根。

有一天，他打电话给水根，说："林厂长，经过我们研究，同意和你厂一起开发新型洗衣机，希望你们积极配合。但愿我们合作愉快，开发成功！"

再说那天夜里，汪良财真喝醉了，他一走到门外，就狂吐不止。王大男也醉了，他到门外也是大口地呕吐。

丁大也窃喜，与石小兰约会的机会出现了。丁大也心里想，反正这两个人喝醉了，自己与石小兰的事，他们也不会知道。

于是，丁大也找到酒店老板娘，对她说："你这里有房间吗？"

老板娘说："有房间，但这个房间不对外开放，是自己员工住的。"

丁大也说："我出住宿费，不白住你的，你让我们住吧，你看这两个赤佬喝醉了，你叫我怎么送他们回家呢？"

老板娘说："可能房间比较乱。"

丁大也说："乱就乱吧，反正睡不了几个钟头，就要天亮的。"

老板娘说："那我叫人去收拾一下房间，你们就在这里等我吧。"

老板娘还真是一个热情的人，过了几分钟，她手里拿了一串钥匙，说："跟我来吧，只有三间房，你们怎么住，你们自己安排吧，我把钥匙给你们。"

丁大也说："三间房够了。"

他已经想好了，他住一间，王大男住一间，汪良财和石小兰住一间——当然这是名义上的，暗地里，则叫石小兰去他房间。

反正汪良财醉得像死猪一样，丁大也觉得即使自己在他眼皮底下与石小兰睡觉，他也不会察觉。

老板娘人真好，还叫了几个年轻的伙计把两个醉汉弄到了房间里。

石小兰用热毛巾给汪良财擦脸，叫他道："良财，你行不行？"

汪良财翻了个身，说："别吵，让我睡觉。"他很快睡着了。

另一间房间，王大男也呼呼地睡着了。

丁大也和石小兰相视一笑，像两只猫闪进了房间里，不一会儿就传出了床铺吱呀吱呀的声音……

丁大也说："天亮之前，我先走。"

石小兰说："他俩怎么办？"

丁大也说："到天亮肯定酒醒了，只不过感觉没有力气罢了。"

石小兰说："还是我们四个人一块走吧。"

丁大也说："我先走，是为你考虑，良财醒了，肯定会问起我，你就说我早就回去了，他就不会有其他想法了。"

石小兰说："我知道了。你真是老谋深算啊！"

丁大也说："有时候，做事情就要多想一想，这样可以减少一些不必要的麻烦。"

第二天一早，丁大也就离开了那家饭店。

他没有回家，直接去了村部。

而石小兰则若无其事地回到汪良财住的房间。只见汪良财还在呼呼地睡觉。她轻轻地叫道："良财，你身子舒服吗？"

汪良财没理睬她，因为他压根儿没醒。

房间里有两张小床。石小兰便和衣倒在另一张小床上睡觉，不一会儿工夫，她竟然迷迷糊糊睡着了。

突然她大叫一声，直接把汪良财惊醒了。

汪良财挺起上半身，惊问："你做啥？你做啥呀？"

石小兰揉揉眼睛，说："你醒了吗？"

"刚才你叫啥？"

"我做了一个梦，被吓的。"

"呵，那我们现在在哪里？"

"在饭店里，昨晚你喝得太多了，醉得不像人，你在包厢里就吐了，到了饭店外面你与王大男比赛呕吐。"

"王大男也醉了吗？"

"与你一样，他也醉了！"

"他人呢？"

"住在隔壁房间。"

"啊，那他今天要去上海送货，能行吗？"

"你早说他今天要往上海送货，昨天就不让他喝酒啊。"

"没想到他也会喝醉。"

"一个人喝醉了肯定没气力，所以还是让他推迟一天送货吧。"

"那还得与上海客户讲一声，不然不送货无法向他们交代。"汪良财叹了一口气接着说，"那丁书记住在隔壁房间吗？"

石小兰说："他没喝酒，早就回去了。"

汪良财说："本来我与老板娘讲好，让丁书记带一只盐水鸭回去的，不知道他有没有带盐水鸭回去呢？"

石小兰说："这个我不清楚。"

"他走的时候，手上没拿什么东西吗？"

"哎，夜那么黑，我什么也没看见。"

汪良财问："现在几点钟了？"

石小兰看了一下手表，说："快7点了，你也可以起床了吧？"

汪良财企图坐在床铺上，但他的身子又倒下去了，他挣扎了几回，最后还是没有起来。

石小兰说："我看你起不来，那你干脆接着睡觉吧。"

汪良财说："要不这样吧，你先回去，到我厂里，关照一下大阿弟师傅，让他安排一下生产。"

石小兰说："那我去你厂里，你怎么回厂里呢？"

汪良财说："你回去吧，我会有办法回去的。"

他突然感觉一阵头昏脑涨，不想说话了。

石小兰过去摸了一下他额头，说："那你起床后，自己到街上买点东西吃。昨天光喝酒，菜都没吃啥，又吐那么多，你肚子肯定感觉饿了吧？"

汪良财说："不饿。"

水根一直觉得仅靠车床加工是不够的，这样工厂做不大。所以，他一直在寻找新项目，寻找工厂发展突破口。

阿红说："这个金属制品厂是村里的，又不是我们私人的，你辛辛苦苦做一年，收入还没有汪良财拿得多！"

水根说："以后我会比他收入高的。"

阿红说："他是村里书记的红人，你又不是。"

水根说："六十年风水轮流转，三十年河东，三十年河西，以后你是怎样的一个人，你自己都不知道。"

阿红说："我的意思是，你不要削尖脑袋上新项目了，就太太平平做车床加工算了，何必给自己找那么多苦吃呢？这个新项目搞成功了，村支书又会说都是他的功劳，要搞砸了却说都是你林水根闯的祸。"

水根说："没想到你不识字还有这么多想法，你一张嘴，把我的积极性都打掉了。"

阿红说："我说的是实话，你相信不，你做这个制品厂厂长不会长久的，丁大也眼巴巴盯着你这个位置呢。"

水根说："我知道丁书记虎视眈眈盯着我，但他也教会我一个道理，落后是要挨打的，如果这个制品厂效益不好，或许我早被丁书记像拔颗钉子一样拔掉了。"

阿红说："我叫钱师傅睁一只眼闭一只眼，不要多管丁大伟，他上班要玩就让他玩，因为他是丁书记安排来抢水根饭碗的，别看他现在什么都不懂，但他在他老子眼里是一块金子。"

水根说："是金子总会闪光的，可惜他不是金子。"

那天中午的时候，车间里突然吵了起来。水根走过去一看，原来是有一名青年女工从丁大伟面前走过时，丁大伟突然伸出脚挡她，那名女工猝不及防，一下子被绊倒在地，险些嘴唇着地。她就骂丁大伟"不得好死"。

丁大伟说："我脚伸在那里，是你自己眼睛没有看见。"

青年女工说："明明是你故意的，想让我摔跤，如果我牙齿磕掉，那我会找你算账。"

丁大伟说："你找我算账，我找林厂长立即开除你。"

青年女工当即脱下工作服，往地上一摔，说："你现在就叫厂长开除我，我告诉你，你父亲虽然是村里的书记，但在我眼里，他就是一个生活腐化的人。"

丁大伟听到别人说他父亲是"生活腐化的人"就发火，他便对那青年女工开炮了，骂人家"生不出儿子"，正巧那青年女工结婚两年多了还没有怀孕。

青年女工气冲冲地往外走。

水根拦住了她，青年女工说是丁大伟想赶她走。水根听了，对她说："丁大伟与你一样都是员工，他哪有权力赶你走呢，所以请你留步！"

水根把他俩叫到了办公室。

水根知道他俩平时关系还可以，应该是开玩笑过度而引起的纠纷。所以，他对丁大伟说："你看见她走过来，伸脚是故意的，如果她摔跤摔坏了，你得负责给她看伤，但现在没有摔坏，你只欠一个道歉，这件事情就解决了。"

水根又对青年女工说："你走可以，但你们平常关系蛮好，你这样一走，传出去说你脾气不好，对你的声誉也不好吧？"

最后，丁大伟向青年女工赔礼道歉，青年女工也原谅了他。

不知谁把这事告诉了丁大也，丁大也以为水根与丁大伟吵起来了，所以他急匆匆地赶来了。

青年女工走出办公室时看见了丁大也，但她低着头，没与他打招呼。

丁大也看见丁大伟在办公室里，丁大伟站着，而水根则坐着。

丁大也说："林厂长，打狗还得看主人面，你把大伟叫到办公室训话，你眼睛里还有我吗？"

水根知道他误会了，说："我没有训斥大伟啊！"

丁大也说："那你叫他到办公室做什么呢？"

水根说："大伟与一名女工吵架的，那名女工要走，我把他们叫到办公室劝架！"

丁大也说："那我搞错了，我还以为你在训斥大伟呢，所以就不放心，过来看看。"

水根说："我与大伟真的不是在吵架。"

丁大伟证实说："林厂长说得对。"

水根对他说："你去车间吧。"

丁大伟便从水根办公室走了出去。

水根提起热水瓶想给丁大也泡茶，这才发现热水瓶是空的，他说："热水瓶里热水都没有一滴，你坐一会儿，我去食堂打热水。"

丁大也说："不喝茶了。"

水根说："坐下来总要喝点水。"

水根拿着热水瓶走到门外叫别人去打水了。

丁大也说："今天我来还有一件事情想对你说，我大儿媳在村部门口开了一家小店，经营烟酒和日用品，你需要了可以去小店里买，反正到别的店也要花钱买的。"

水根想这分明是利用职权谋取私利，但他愿意与丁大也搞好关系，不想把关系搞僵，所以他答应道："好的，如有需要，我会去小店买的。"

本来丁大也每个月要在金属制品厂领取两条中华烟，作为业务支出费用，他说："以后每月两条香烟，我在小店直接拿了，直接记在你们厂账上。"

水根说："可以的。我让会计每月定个日子同小店结账。"

丁大也说："那好，我代大儿媳向你表示感谢！"

丁大伟的妻子桃英在村部门口开了一个小店的消息不胫而走，阿红也知道了。

阿红对水根说："制钉厂食堂用的菜油、酱油和盐都去村部小店买的，我看我厂食堂用的东西也要去那小店买了。"

水根说："他这是明目张胆捞钱，但谁也不敢出头去说他。"

阿红说："是的，你也不要去说他。"

水根说："我不去关心他这种事情，至于食堂需要的东西，那小店里有就去那里买，没有的东西那就在外面买。"

阿红说："有人说那小店东西比别的小店贵很多。"

水根说："反正我们食堂采购东西也不多，他们就算卖得贵点也贵不了多少。"

有一天，桃英找到水根，她送给水根两桶菜油。

水根不要，说："无功不受禄，这个菜油你拿回去。"

桃英说："我走过来的，拎两桶油，双手都发麻了。"

水根说："那我收下，你记在厂里食堂账上，我把菜油拿到食堂去。"

桃英说："这是我送给你家里吃的，不是送给厂里食堂的，我不会记在你厂食堂账上的。今天我也是有事相求，想请你林厂长帮忙，我新开的这个小店光卖日用品也赚不了几个钱，所以我想兼卖五金件，你们厂如果需要五金件就对我讲一声，我就给你送过来。"

水根想：你们开个小店，让我去买油盐酱醋就算了，现在可好，就连五金件也要到你们小店买，真可以说是得寸进尺。

桃英走到水根身边，伸手拉了拉水根的衣服，说："你给我生意做，我会感谢你的。"

水根往边上让了让，说："你怎么感谢我？"

桃英说："你到哪里出差，我跟你出去玩。"

水根说："我带你出去玩，被丁书记知道，那我这个厂长明天就要被他撤职的。"

桃英说："不会的，我不会说跟你出去玩的，我会说有点事情回娘家，总之不会让他知道。"

水根说："你可不要有这种想法，这事让我妻子知道了，那也不行的。"

桃英说："你不讲，她会知道吗？"

水根说："世上没有不透风的墙。"

桃英说："那你答应不答应让我做五金配件？"

水根想了想，说："我可以让你做，但你不要这样胡思乱想。"

桃英说："林厂长，你在我心里就是一个正直的男人，刚才我也是与你开玩笑，你也不要对外人说。"

水根说："好的！"

桃英要回去了，水根让她把两桶菜油拎走，但桃英说什么也要把两桶菜油留下。水根觉得过意不去，就从抽屉里取出一只蛇皮钱包，对桃英说："那菜油我收下，这只蛇皮钱包你收下吧。"

说完，他将蛇皮钱包递到她手里。

桃英端详了一下蛇皮钱包，说："这真的是蛇皮吗？"

水根说："是真的。"

桃英说："那是什么蛇呀？"

水根说："菜花蛇。"

桃英说："这个你也知道啊？"

水根说："我做了十几年农技员，见过的蛇种类可多了。"

桃英说："那这个钱包需要很多钱吧。"

水根说："不贵，我买了几个准备送给客人的。"

桃英说："我真的很喜欢这个蛇皮钱包，那我不说客气话了，这个蛇皮钱包我收下了，谢谢你林厂长，还有那个五金配件你可要放在心上啊！"说完，她就走了。

水根看着她的背影想，这妮子心眼儿不坏，但早晚会出轨。

水根对自己说，可以找她做生意，但不能跟她走近。

这时，丁大也打来电话，请水根到村部去，说有人想见水根。水根问："是哪位呢？"

丁大也说："是娄江村朱厂长，我请他吃饭，他说一定要你一块参加，不然他不愿意吃饭。"

水根与朱厂长很熟悉，他原来是生产队队长，他们一起探讨过治虫等农业问题。

水根说："让我处理一下手头的工作，我会来的。"

丁大也说："那你快点！"

水根说："我争取半小时赶到！"

丁大也说："你尽量提前一点。"

水根处理好事情，就往村里走去。以前丁大也中午请他吃饭，他都不答应，因为他不想把时间浪费在吃喝上面。当然与客户吃饭是免不了的，吃饭也是做生意的一种手段。

但这次是朱厂长来，他不能拒绝，因为水根每次遇到一些技术问题，朱厂长都会找技术人员帮他攻克难题。

水根不明白朱厂长来后山村不找自己，为何要去找丁大也书记，他来后山村做什么呢？

这是他心里的一个疑问。

他又想，等会见到朱厂长，这个疑问自然就会解开的。

他是小跑着赶赴村部的！

而丁大也、朱厂长都在村部门口等他了。朱厂长与水根握了握手，他说："上我车吧，我借丁书记的饭，请你吃饭哈！"

水根说："你和我都是几十年的老朋友了，像老酒，越陈越香啊！"

饭店里，水根紧挨着朱厂长坐着。水根说："朱厂长，今天你找丁书记何事呀？"

朱厂长说："丁书记给我打电话，说他大儿媳开了一个店，有五金配件卖，我就过来看看。"

水根说："对的呀，你工厂大，需要很多五金配件吧？"

朱厂长说："估计一年需要一二百万元的吧。"

水根很惊讶，说："那么多啊，我厂一年的产值也只有三四百万元。"

朱厂长说："反正需要五金配件，原来是到东中市买的，现在到丁书记这里买，只要价格合适，我看到哪里买都可以的。"

水根说："本来我也想去看看你的工厂，向你取经，向你学习。"

朱厂长说："欢迎你来啊，我手上有家无锡客户，他们需要铝铸件，来找我做，但我现有业务也是发展不错的，所以我并不想做这个铝铸件。如果你有兴趣，我可以给你拉拉关系。"

水根眼睛一亮，他来了兴趣。

他说："什么是铝铸件？"

朱厂长说："这个你不懂吗？就是用压铸机压铸铝产品，这种铝铸件广泛用于汽车、铁路以及日用品上。依我的经验判断，铝铸件的需求会越来越大，所以这也是一个发展方向。"

水根说："我一直在寻找好的行业、好的产品，听你说这个铝铸件，我蛮感兴趣。"

朱厂长说："机会来了要抓住。只要你感兴趣，我可以带你去无锡看看。"

水根说："好的，那怎么去呢？"

朱厂长说："开我车去。你说哪天去呢？"

水根说："明天怎样？"

朱厂长说："明天是星期日，他们休息的。下个星期一吧。"

"行！"水根说。

他俩交谈甚欢。

这时，丁大也拿着酒杯过来敬酒。他举着酒杯对朱厂长说："谢谢朱厂长百忙之中来到我们后山村，我代表后山村全体干部和村民敬你一杯！"

朱厂长举起酒杯说："谢谢丁书记，干杯！"

他又说："丁书记，我与你儿媳讲好了，让她到我厂里与仓库和采购沟通一下，看我们需要什么五金配件，再列一张清单，以后每个月月初都列一张清单，让你儿媳采购好了送过来，这也算是我对你们后山村发展工业的一个支持吧。"

丁书记说："有你的大力支持，我们后山村的工业一定能够上一个新的台阶。"

水根对丁书记说："下个星期一，朱厂长带我去无锡看铝铸件，这是一个很有后劲的项目，我对此也蛮感兴趣。"

丁书记说："好好好，你跟着朱厂长干，我也全力支持你！"

朱厂长酒量很好，但他说下午还要去厂里工作，酒喝多了要误事的。

水根很赞成朱厂长的说法，因为水根中午从不喝酒，这是他给自己定下的一条规矩。

今天水根破例也喝酒了，因为他有求于朱厂长。朱厂长要他喝酒，他只好舍命陪君子了。

丁大也说："我们难得喝一回酒的，今天你们两位厂长都不要去厂里了，既来之则安之，今天我们几个人把两瓶白酒干了，然后我们去听说书。"

朱厂长说："那也行，中午喝酒到此为止，我们去听说书，晚上还在这饭店继续，到时候我来请客。"

丁大也说："哪要你请客，我来。"

水根说："晚饭我不吃了，你们吃吧。"

朱厂长说："这不行，你走了，气氛不一样了，我喝不下酒的。"

丁大也对水根说："你不要走，你打电话给大伟，晚饭让大伟也陪朱厂长喝酒。"

水根说："这个可以的，我回去对他说一声就是了。"

丁大也说："不是讲好你不走嘛！"

水根说："明天上海洗衣机厂赵科长要来，我得回去交代一些事情。"

丁大也说："这种小事情，你打电话回去说一声就可以了，你不能走。"

就在这时，包厢门被推开了。

来人是桃英。只见她身上挎着一只粉红色的小包，手里提着两瓶白酒。丁大也说："你们看，晚上喝的酒，我的大儿媳现在就送过来了。"

桃英知道丁大也误会自己了，这白酒是她送给朱厂长的，并不是晚上喝。

桃英轻轻地对他说："爸，这两瓶酒是我送给朱厂长的。"

丁大也说："刚才我已经说了，这两瓶酒晚上我们喝。你回去再拿两瓶酒来送给朱厂长。"

桃英说："小店里没有这个牌子的白酒了。"

丁大也说："其他白酒也行！你快回去拿！"

朱厂长则拦住了桃英，对她说："我们生意还没有做，吃你的酒会让我难为情的哟！"

丁大也说："你多给我大儿媳点生意就可以了。"

朱厂长说："这个事情我已经答应了，厂里需要五金配件的话就从她这儿进，我说话算数。"

桃英对丁大也说："爸，我与朱厂长已经谈妥，他回去就开采购明细给我，以后月初他都会给我一份明细。"

丁大也对着朱厂长伸出大拇指说："你是个不错的厂长！"

桃英没有走。朱厂长对她说："既然你来了，就坐下来一起喝点酒吧。"

桃英说："我滴酒不沾。"

朱厂长说："那坐下来吃点菜。"

他叫服务员添了一双筷子。

丁大也对桃英说："以后你的小店生意好不好，主要靠朱厂长了，你就用啤酒敬他一杯吧。"

桃英说："我啤酒也不会喝呀！"

丁大也说："喝一杯啤酒没啥关系的。"

朱厂长又叫来服务员，说："拿两瓶'太湖水'。""太湖水"是当时流行的一种啤酒。

见此，水根给桃英倒了一杯啤酒。

桃英端着这杯啤酒对朱厂长说："我这是第一次喝啤酒，那我敬你一杯。"

朱厂长说："我喝的是白酒，我喝一口，你喝一杯吧。"

他喝了一大口白酒。

桃英便将一杯啤酒喝完了。

朱厂长说："你感觉这个啤酒口感怎样？"

桃英说："像马尿。"

朱厂长说："你形容非常贴切，啤酒就是有尿味，我一般不喝啤酒的，我喜欢这个高度白酒。对了，以后我有客户来，到饭店请客，我请你来，他们也都是需要五金配件的。我可以给你介绍，但前提是你要会喝酒，要会喝白酒，有道是'感情深，一口闷'。"

桃英说："那你请他们吃饭时一定要叫上我。"

朱厂长说："可以啊，那你得学会喝酒。"

桃英说："我真不会喝酒。"

水根对朱厂长说："桃英她娘是后山村的山歌王，桃英唱山歌也很好听的。"

朱厂长对桃英说："那你就唱一支山歌吧。"

桃英看了看丁大也，脸色有些尴尬。丁大也说："没事，你唱！"

桃英咳嗽了一下，说："那我就来一首《朝霞映在阳澄湖上》吧。"她唱道："朝霞映在阳澄湖上，芦花放稻谷香岸柳成行。全凭着劳动人民一双手，画出了锦绣江南鱼米乡。祖国的好山河寸土不让，岂容日寇逞凶狂！战斗负伤离战场，养伤来在沙家浜……"

朱厂长说："好听，比收音机里唱的还要好听。"

桃英对朱厂长说："那你愿意带我吗？"

朱厂长说："那些朋友都喜欢唱歌的，你歌唱得好，肯定会受他们的欢迎。"

桃英说："你真是我的贵人！"

朱厂长说："丁书记才是你的贵人！"

丁大也拿着酒杯对朱厂长说："朱厂长，那我代表大儿媳敬你一杯，希望你能多多关照她的生意！"

后来，水根还是先走了。阿红找到饭店告诉他，钱师傅与丁大伟师徒俩又吵架了。

水根说："怎么会呢？"

阿红说："钱师傅手头事情很忙，关照大伟做些活，他却一样活不做，跑到小仓库里睡觉。"

水根说："这种人少见的，哎，上梁不正下梁歪。"看来，水根对丁大也也是怀有一肚子怨气，但毕竟丁大也是村里的书记，水根又不能说他什么，只能忍受。

阿红说："那要不要对丁书记说呀？"

水根说："回去以后再说吧。"

水根跟着阿红回到了厂里，钱师傅正在他的宿舍整理包裹。水根说："钱师傅，你这是做啥呀？"

钱师傅说："我不想做了，你想，我一个小徒弟都不听我的，你让我怎么还能在这里待下去呢？"

水根说："可是我没有得罪过你吧？"

钱师傅说："所以我不是对你有意见，主要是大伟干活吊儿郎当，我手头有很多模具需要做，我关照他做些事，他却到小仓库里睡觉，还说我是外地人，有什么权力管他，真是气死我了。"

水根说："我去批评他，让他向你道歉，你不要走，这样行吗？"

钱师傅说："我已经对整个车间讲了，让他们好好干活，我走了，所以你不要劝我了。不过，我走之前，有一句话要对你说的，像大伟这种干部子弟你以后不要弄到厂里，一粒老鼠屎坏了一锅粥啊！"

183

水根千方百计想挽留钱师傅，让他不要走。

阿红也劝钱师傅的妻子不要走。

钱师傅的妻子说："他是书生脾气，受不了什么委屈，他要走，我也没有什么办法。"

阿红说："我与你像亲姐妹，你走了，我舍不得！"

钱师傅的妻子说："我也不舍得走啊！"

虽然水根夫妻劝说钱师傅夫妻俩不要走，但最后他们还是走了，这让水根对大伟十分恼火。水根找到丁大伟，问他究竟对钱师傅说了什么。丁大伟满不在乎地说："他一个外地人对我指手画脚，谁给他的这个权力？"

水根说："是你父亲给他的，让收你这个徒弟的！"

丁大伟说："我没有这个师傅！"

水根说："现在他走了。"

丁大伟说："早走早好！"

水根说："他可是厂里花重金请来的技术师傅，现在不仅他走了，他们夫妻都走了，这些模具及工装坏了，谁负责修呢？"

丁大伟说："你有钱哪里请不到师傅呢？"

丁大伟与钱师傅吵架的事，不知谁告诉了丁大也，丁大也内心很担忧。于是，他对朱厂长说："大儿子在厂里出了一点事，我先走了，以后有机会再请你喝酒。"

丁大也走了，朱厂长的司机则回到了车上，现在包厢里就剩朱厂长和桃英两个人。

朱厂长说："是你老公与人吵架吧？"

桃英说："应该是的。"

朱厂长说："那你怎么不去看他呢？"

桃英说："他爸去了就好，我去了也没用。"

朱厂长说："你们是自由恋爱吗？"

桃英说："我们是初中同学。"

朱厂长伸手扶着墙说："今天酒喝多了，现在看人眼睛有点花。"

桃英说："那你坐一会儿，我去泡一杯浓茶给你喝。"

朱厂长说："不用，你对我那么好，我的配件都向你买，保证让你发财！"

桃英说："我怎样感谢你呢？"

朱厂长伸出双手说："让我抱抱。"

桃英就让他抱了。

朱厂长趁着酒兴亲吻了她。

她没有拒绝，让朱厂长吻了十分钟。因为害怕外面有人推门进来，两人才结束了这个"初吻"。

朱厂长说："谢谢你的爱！"

桃英说："除了我老公亲过我，我从来没有被其他男人亲过。你是亲我的第二个男人，不过我觉得你各方面都比我老公优秀！"

朱厂长说："你什么时候有空，我带你出去玩。"

桃英说："好的。"

朱厂长说："你跟我出去玩，怎么对你老公说呢？"

桃英沉思了一会儿，说："我可以对他说我是到外面进五金配件，他会相信我的。"

朱厂长说："你真聪明，我喜欢你！我真想现在就和你找宾馆，但这个小镇上大家都认识我，影响不好！"

桃英说："我知道的！'两情若是久长时，又岂在朝朝暮暮。'你说是不是？"

朱厂长说："感觉你是一个文艺青年。"

桃英说："小时候我的梦想就是做一个诗人，可惜我只读到初中，父母就让我种地挣工分，不让我读书了。"

朱厂长说："你父母没有眼光，应该让你读书，上了大学就不用种田，不用受种田之苦了。"

桃英说："我是苦命。"

朱厂长又抱着她，说："你认识我，我会让你幸福的！"

桃英说："那我愿意做你最爱的人！"

丁大也赶到金属制品厂，在门口遇见了丁大伟。

丁大也说："你去哪里？"

丁大伟说："水根这畜生手臂朝外弯，我不做了。"

"你别走，我和你去找他。"

"我不去！"

"你不去，我怎么给你做主呢？"

"那你把他撤职算了。"

"他做事出格的话，我就撤销他的厂长职务。"

听父亲这么说，丁大伟便跟着父亲找水根去了。

平常水根不抽烟的，但此刻他却在抽烟。屋子里乌烟瘴气，由此可见他已经抽了好几支香烟了。因为钱师傅的出走，对他打击很大。

钱师傅是厂里的技术梁柱，这个厂特别需要他。现在他突然辞职，水根想到一时也找不着像钱师傅这样有技术的人，所以忧心忡忡。

丁大也父子俩走了进来。

丁大也说:"林厂长,我对你不薄,你怎么可以让我儿子走呢?"

水根指着大伟说:"我没有叫他走,我叫他去车间干活。你可以问他。"

丁大伟说:"你说过的话不要耍赖。"

水根说:"钱师傅被你气走了,这个事你怎么没有对你父亲说?"

丁大伟说:"是他自己找一个理由要走,他早就想走了,不过找我做一个出气筒而已,算我倒霉。"

丁大也说:"一只碗不响,两只碗叮当,不可能都是大伟的错。比如钱师傅说走就走,他作为一个老师傅,他的政治觉悟去哪里了?这样低素质的人走了就走了,也不足为惜。"

父子俩信口雌黄,可把水根气坏了。

水根说:"钱师傅走了,厂里就缺少技术师傅。我在担心厂里的生产,万一设备和模具坏了,我都不知道怎么解决。"

恰在这时,车间主任来叫水根了。

"厂长,A外壳模具开裂了。"

"怎么开裂的?"

"有个女工做活求快,不小心放了两只A外套,机器压下去,模具便开裂了。"

"现在钱师傅不在厂里,你去想想办法看能不能自己解决。"

"我也没有办法。"车间主任说完只好走了。

水根对丁大也说:"师傅被徒弟气跑的,我还是第一次遇到这样奇葩的事!"

丁大也对丁大伟说:"你到外面去,我与林厂长说几句话。"

丁大伟很不情愿地走了出去。

丁大也对水根说:"这个事情我只能与你私下说了,让大伟在车间干活，他本不情愿，他想学开车。那现在我就让他去学开车，等学出来就回厂里开车。"

水根说："厂里哪有车？"

丁大也说："我看你厂里应该买一辆车了，有了车就让大伟开，你负责厂里全面工作，让他负责销售这一块。"

水根哭笑不得，这样的人，员工都没做好，却要让他负责工厂销售，真的是一个笑话。

王大男开的是一辆小卡车，经常去上海送货，开始还安排一人跟着他。有一天，两人去上海送货，不知为什么吵架了，于是在送完货那个人正在办手续的时候，王大男发动车子一溜烟跑了。

那个人在附近找了很久都没有找到他，就打电话到制钉厂。

汪良财接电话说："你问我王大男在哪里，我还要问你，他跟你一块出去的，他在哪里呢？"

那个人说："可是我找了半天也找不到他。"

汪良财说："那你继续找，说不定他到别的地方有事很快就要回来的。"

那个人就像痴汉般在那里等。还好，有一辆苏州的卡车也来送货，顺便把他带回了苏州。

第二天，那个人找到王大男，问他："昨天你怎么把我甩在上海呢？"

王大男说："你叫我走的呀。"

"我没叫你走！"

"你叫我走的。"

"我对你说走了吗？"

"你说你可以走了。"

两个人吵到汪良财那里。那个人说:"我去里面办送货手续,等我出来,车子不见了,他也没有对我讲一声就开走的。"

王大男说:"你放屁,你说你开吧,我才开走的。"

"我说让你开到门外,又没说让你开回家。"

汪良财听了半天总算听明白了,对他们说:"我搞清楚了,你俩是误会,才元叫王大男开到门外,而王大男以为叫他开回家,事情就那么简单,你们犯得着这样穷凶极恶地吵架吗?所以,我谁也不帮,各打五十大板。"

王大男窃笑,他压根儿就不想那个人跟车,因为那个人在车上,他不能做手脚,也就不能搞到外快。所以,他才心生一计,导演了这次不辞而别的事件。

那个人不跟车了,王大男便开始实施他的阴谋诡计了。他趁仓库保管员不注意,就将铁钉装在车子上,有时一天装几百公斤铁钉,然后他在中途把这些铁钉寄存在一个亲戚家,由亲戚再把这些铁钉送到街上的五金店里出售。

有一天,他往车上搬铁钉时被仓库保管员发现了。

仓库保管员说:"你胆子真大啊,这可是集体的财产。"

王大男说:"你不说,就没有事情的,我给你分钱。"

仓库保管员说:"我可不要这个钱。"

王大男说:"那你要是讲出去,我会对你不客气的!"

他的话让仓库保管员寝食不安。

仓库保管员后来因为此事吓得生病住院了。

汪良财去医院看望他，仓库保管员这才对他说："厂长，我不想再做保管员了。"

汪良财说："你这病，住几天医院就会好的，你可以继续做仓库保管员。"

仓库保管员说："我不想做仓库保管员的理由与我生病无关。"

汪良财说："那与什么有关呢？"

仓库保管员说："因为我再做仓库保管员下去，可能到时我跳进黄河都说不清了，所以我现在就不想做仓库保管员了。"他欲言又止。

汪良财说："你说，我在听。"

仓库保管员说："你对王大男那么好，可他对你不好。"

"他哪里对我不好？是不是喝酒的时候他对我做手脚，故意让我喝醉？"

"这个我不清楚。"

"那会是什么呢？"

"他偷厂里的铁钉被我抓住了。"

"啊？不可能吧？"

"他偷了厂里很多铁钉，拿出去卖，那天被我抓住了。他说他给我钱，不让我说，但我哪敢拿他的钱，这可是盗窃，犯法的呀！"

"这事你有没有对其他人说？"

"没有，一个人也没有，连我老婆我也没告诉，因为我老婆是快嘴。"

"你做得对，这事谁也不能说。"

"所以，请你同意我不做仓库保管员。"

"王大男这事与你无关，所以我希望你继续做仓库保管员。"

"王大男对我说，如果我讲出这件事，他要对我不客气。"

"你放心，借他十个胆，他也不敢。"

"那请你为我做主！"

"你放心，我会处理好这件事情。"

当天晚上，汪良财回到家里，他对石小兰说了这个事情："王大男这个事情很严重了，估计他偷了五六吨铁钉，值上万元了，真的够吃上官司了。"

石小兰说："那得对丁书记说，王大男是他外甥，把这个烫手山芋丢给他就好。"

"那我要不要先找王大男说这个事？"

"我看用不着，你直接找丁书记吧。"

石小兰顿了一下，又说："你就对丁书记说，这个事情就内部处理，一则让王大男不要找仓库保管员的麻烦，二则就是大事化小、小事化了。"

"那明天一上班我就去找丁书记。"汪良财说，"本明天，我想到山东去一趟，现在出了王大男这个事情，我真还走不了。"

石小兰说："你可以照常出差，这个事情让丁书记处理就是了。"

第二天上午汪良财来到村部，可丁大也还没来。石小兰说："你到我办公室坐一会儿吧，丁书记没有特殊情况应该会来的。"

汪良财说："早知道他晚来，我直接去他家就好了。"

石小兰说："傻瓜，你去他家，你能空着手去吗，总得带一点东西吧？"

汪良财笑一笑，说："你说得对。"

石小兰说："你在这里坐，我去看看他有没有来。"

石小兰走到丁大也办公室，看到门开着，便知道他来了。

果然，丁大也来了。

石小兰走了进去，丁大也走上一步抱着她就要亲吻，她一把推开丁大也，说："良财在的，你快放开我。"

丁大也神情有些紧张地说："他来做什么？"

石小兰说："制钉厂出了一桩大事情，还没有人告诉你吗？"

丁大也说："没有人告诉我。"

"你外甥王大男盗窃很多铁钉，就是这个事。"

"啊？你不是开玩笑吧？"

"这种事情，我能开玩笑吗？你借我十个胆，我也不敢开这种玩笑。"

"那你把良财叫过来。"

"好的。不过，我提醒你一下，良财全是为你外甥着想才来找你解决这个事情的，所以你对他态度要好些，不然好人也要发犟劲的呀。"

"知道啦，你快点把良财叫过来。"丁大也一边说，一边挥手催促着。

汪良财站在丁大也面前，像一个小孩子面见家长一样有点拘束。丁大也对他说："你坐。王大男出了什么事情？"

汪良财没有坐，而是又走近了一步，说："王大男偷窃铁钉被仓库保管员抓了现行，我叫仓库保管员盘点了一下，估计亏空五六吨铁钉，应该都是王大男偷窃的，这可是一笔不小的数目，够得上吃官司了。"

"这混账东西怎么能做出这种违法的事情呢！"

"是呀，看他平常表现积极肯干，谁想到他竟然伸出了第三只手。"

"那这个事还有谁知道吗？"

"就仓库保管员和我知道。"

"那这个问题不大，这是内部矛盾。"

"那怎么处理我听你的。"

丁大也在办公室来回走着。走了三圈后，他说："我看这样吧，调王大男去金属制品厂开车，你的车让大伟开吧。"

汪良财说："那王大男偷窃的铁钉怎么处理？"

丁大也手一挥说："我让他给你买一箱剑南春白酒，这事就算了。"

汪良财说："这个酒我不要的！"

丁大也说："这个你一定要收下，自己人才会答应这么做的。"

丁大也对石小兰说："你去把王大男叫到我这里来，我来问问他。"

石小兰就去制钉厂通知王大男。

王大男没有出门，卡车钥匙已被汪良财收走。他听了石小兰的话后身体发软。石小兰对他说："男子汉大丈夫，一人做事一人当，走吧，你娘舅不会把你怎样的。"

王大男说："我又没做什么坏事，我有什么可害怕的呢？"

其实，他内心真的是做贼心虚。

他来到了丁大也的面前，汪良财也在场。

丁大也说："今天良财厂长也在，你老实说，你偷了多少公斤铁钉？"

王大男说："没有多少公斤。"

汪良财说："仓库已经盘点过了，总共少了五六吨铁钉，可以认定这些铁钉都是你拿走的。"

王大男说："你不能把其他人拿走的铁钉算到我的头上吧？"

丁大也对王大男说："你究竟拿了多少铁钉，这个是可以查清的。只要良财厂长报给公安，他们就会立案，也会破案的。"

汪良财说："破这种案子很容易，现在派出所有一只大狼狗，一放狼狗，小偷就原形毕露了。"

王大男对汪良财说："阿哥，平常我对你不错吧，你怎么还这样落井下石？"

汪良财说："我哪有？我是在为你出谋划策。下午我还要去山东出差，所以想先把你这个事情处理好。"

丁大也一听汪良财要去山东出差，他眼睛一亮，心想，今晚就可以与石小兰约会了。

丁大也对王大男说："良财当你是亲兄弟，所以才来找我商量怎么解决你的问题。你拿厂里的铁钉已是铁的事实，仓库保管员揭发了，你还有什么办法抵赖呢？"

王大男说："可我没有拿那么多铁钉。"

丁大也说："我们不是要你把铁钉还出来，只要你承认有这事就行了。"

王大男说："那我听娘舅的话。"

丁大也说："那就对了！"

丁大也喝了一口茶，接着说："刚才我与良财厂长商量了一下，对你这个事情也要象征性地处理一下。一个是你不要在制钉厂开车了，调你到金属制品厂去开车；二个是你把还没有卖出的铁钉还给厂里，你看行不行？"

听丁大也这么说，王大男有点喜出望外，他说："我没意见，只是金属制品厂没车子，我开什么车呢？"

丁大也说："金属制品厂需要买一辆卡车，保证让你有车开。"

王大男说："还有，我家里应该还有半吨左右的铁钉，那我把这些铁钉都还给厂里。"

丁大也对王大男说："这样可以，良财厂长很给力的，你给良财厂长买一箱剑南春，你看这样处理，你有不同意见吗？"

王大男说："我没意见，谢谢娘舅，谢谢良财厂长！"

丁大也决定把王大男调到金属制品厂开车，其实是想让丁大伟学开车，然后调丁大伟到制钉厂开车，过段时间再提拔他做制钉厂副厂长。

丁大也大权在握，他信奉一句话："有权不用，过期作废。"

现在，王大男走了。

丁大也把办公室门关上。

他对汪良财说："我把王大男调走，这一局棋走得怎样？"

汪良财说："高，实在是高。"

"等会儿，我找水根谈一下，这个事情就这样处理了。"

"很好，我对此很满意。"

"对了，王大男给你一箱老酒，你一定要收下。这事你帮了他的大忙，他应该给你的。"

"我又不怎么喝酒，这一箱酒你拿着吧。"

"我的酒，他也会给我的。这点我觉得他脑袋还是拎得清的。他送给你的，就应该是你的，我可不能多吃多占。"

"那我谢谢你了！因为下午我要去山东出差，厂里还有一些事情需要去处理，所以我不多说了，我要走了！"

汪良财走到门口，刚想伸手拉开门，丁大也走上几步，对他说："慢着，我还有一件事情需要对你说，刚才事情忙，一时没想起来。"

汪良财说："什么事呢？"

丁大也说："我与你关起门来说话，我的大儿子丁大伟与林水根关系一直没处好。本来我想让大伟做水根副手的，现在看来这事黄了。大伟又不愿意待在水根手下工作了，所以我想让大伟到你厂里来，让他做你的副手，让他负责生产铁钉这块也可以，因为大伟在金属制品厂多多少少学到了一些技术，他对制钉厂这个生产应该没什么问题，你看行不行？"

汪良财虽说是丁大也的心腹之人，但对丁大也安排丁大伟做他的副手，心里还是有些不悦。因为他知道丁大伟是一个好吃懒做之人，这个人与林水根相处不来，到时能否与自己和平共处也是一个疑问。

但他又不敢得罪丁大也，所以他只好答应此事。

他说："可以的，以后让大伟负责生产，我来负责销售。"

丁大也说："你听我的话不会吃亏的。等机会来了，我让你做金属制品厂厂长，让大伟做制钉厂厂长。"

汪良财说："那林水根呢？"

丁大也说："他不是自诩为能人么？我让他去开新厂。当然，从目前来讲，不得不承认他是我们后山村发展工业、开办工厂的能人！"

汪良财开门出来，走到石小兰办公室，对她说："下午我去山东出差，现在与你道别。"

石小兰说："在外面要注意安全，夜里最好就待在旅馆里。"

汪良财说："山东是孔子的故乡，文化气息浓厚，社会治安可以的，这个你不用担心。"

石小兰说："那你走吧，把要带的东西带好，要不要去家里取东西呢？"

汪良财说："衣服都拿了，在厂里，我直接去了。"

石小兰说："那谁送你呀？"

汪良财说："朋友阿良开车送我。"

石小兰说："哎哟，我今天才发现汪良财同志真不简单，还有朋友开车送你的。"她哈哈大笑，又说："不和你开玩笑了，你走吧，下午我也要到乡里开妇女工作会议。"

汪良财前脚刚走，丁大也后脚就来到了石小兰办公室。

丁大也说："这几天良财出差，你是山中无老虎，猴子称大王啦。"

石小兰说："谁是猴子？"

"我是打个比方，你是石美人。"

"你说我是猴子，那你也是猴子，你说是不是？"

丁大也高兴得手舞足蹈，石小兰伸手拍了他一下说："良财出差了，看来你比我还乐。"

丁大也说："我当然乐啊，这几天你就是我的人了。"

石小兰说："在我心里，我每天都是你的人。"

丁大也说："不与你来这些虚的东西，今天下午吧。"

石小兰说："不行呀，下午我要去乡里开会。"

"你们妇联会真多！"

"一般来讲妇女比男人事多嘛。"石小兰说。

丁大也忽然一拍大腿，说："我险些把重要的事情忘给你说了，刚才我与良财讲好，让大伟到良财厂里做副厂长，以后大伟负责生产，良财负责销售，等机会成熟，让大伟做制钉厂厂长。"

石小兰听闻此言，吃惊不小，她说："那良财做什么呀？"

丁大也说："我让他做金属制品厂厂长。"

石小兰说："那林水根呢？"

丁大也说："让他做 X 厂长。"

石小兰说："X 是什么厂？"

丁大也说："X，就是未知数，这个你都不知道吗？"

石小兰说："我看你有点白日做梦，林水根会让出这个金属制品厂吗？他要是不愿意让出，你也拿他没有什么办法。"

丁大也说："你不要这么说，现在允许集体与私人合伙办厂。我会鼓励他办私人企业，给他一点甜头。我相信，他肯定会放弃这个金属制品厂的。"

石小兰伸出拇指赞叹道："你真是老谋深算！"

这天，丁大也打电话给水根说："你在不在厂里？"

水根心想，你电话打到厂里的，倘若我人不在，我能接电话吗？

水根说："我刚想出门。"

丁大也说："我找你有点事商量一下，你有时间吗？"

水根就说："那好吧，是我去你那里吗？"

丁大也说："我去你厂里吧。"

过了十几分钟，丁大也来了。他拿了一件羊毛衫递给水根，说："这是一个新疆朋友过来推销的羊毛衫，样式有点过时，但是货真价实的羊毛，村里干部都有一件，也给你留了一件。"

水根说："我有羊毛衫，你还是送给其他人吧。"

丁大也说："是给你的，哪能送给别人。"

水根就收下了那件羊毛衫。他心里有了一个主意，因为朱厂长为他牵线搭桥介绍生意，他就想把这件羊毛衫找机会送给朱厂长。

水根就说："那好，我送给朱厂长。"

丁大也说："他已经有了，桃英拿了一件羊毛衫送给他的。这件你就自己留着吧。"

水根因为与他人约好一起去苏州的，所以有些心神不宁。丁大也看出他有心事，说："今天我与你长话短说吧，我想让大伟去制钉厂，让我外甥王大男来你这里，这两人交换一下可好？"

水根说："大伟去制钉厂，我不反对，只是王大男……"

丁大也说："你就看在我面子上，给王大男一个机会。现在他与从前不一样了，他很能吃苦，你交代的任务他都会积极完成。"

水根说："他是司机，可我厂里还没车。"

丁大也说："你厂比制钉厂大。制钉厂都有卡车，你怎么不买一辆卡车呢？这几天就去买一辆卡车，我看不要买制钉厂那种小卡车，可以买一辆大点的卡车。"

水根说："暂时账上没钱。"

丁大也说："那等有钱就去买一辆卡车。"

从内心讲，水根不想要王大男这个人，但既然是丁大也安排过来的人，他也不能拒绝，所以他只好答应让王大男来金属制品厂了。

水根说："像我们厂是做这种车床加工业务，命运还是掌握在别人手里，所以朱厂长介绍我做汽车零件的铝铸件时，我觉得这是一个方向，我很想上这个项目。"

丁大也说："世界不一样了，现在县里和乡里都在鼓励私人办企业，我觉得你也可以考虑一下，是否以私人名义出来办一个厂呢？"

水根还是第一次听说私人办厂，他觉得这是一个好话题，可以坐下来与丁大也聊聊。

水根本来已打算购买几台压铸机，生产铝铸件。当然，这是一个复杂的项目。

丁大也说："如果你愿意自己办私企，可以享受到政府的许多优惠。"

水根说："有哪些优惠呢？"

丁大也说："上面应该已有红头文件了，但我还没有看到，听说政府给予私企很多优惠的，比如土地可以免租金，可以抵押贷款，反正各级政府大力鼓励私人办厂。"

水根说："可这个金属制品厂也离不开我，我也不舍得放下这个金属制品厂，毕竟是自己几年时间里辛辛苦苦做起来的。"

其实，丁大也在乡村干部会上是极力反对私人办厂的。他说："我们是社会主义国家，如果允许私人办厂，这不是'辛辛苦苦几十年，一夜回到解放前'吗？这不是复辟资本主义吗？"乡长在会上当即回敬他，现在是上级在号召鼓励私人办厂，谁有意见，有本事找县长讲理去。

丁大也对着水根却是一百八十度大转弯，他极力怂恿水根自己出来办厂。

水根对丁大也说："如果我出来办私人厂，那村里会给我哪些优惠呢？"

丁大也说："上面政策允许给你的优惠，一个也不会少。另外工厂人员配置，村部不再参与，完全由你自己做主，不像这个金属制品厂样样事情需要村部参与，一句话，到那时村部完全对你放手了。"

丁大也说得天花乱坠，水根很感兴趣。

丁大也想，只要水根同意开办私人工厂，就可以免去水根的金属制品厂厂长职务了，那样他的儿子丁大伟就可以当阳光制钉厂厂长，而汪良财去做金属制品厂厂长。

当然，水根并非不知道他的这些企图。

水根说："如果我办私人厂，这个金属制品厂的一些业务能带走吗？"

丁大也拍了一下手掌说："这个不可以带走，因为这是村里的工厂，可不能转到私人工厂。如果那样做，村里老百姓就会闹翻天的，那我这个村书记也做不长久了！"

水根说："那我带走铝铸件这个项目可以吗？"

丁大也说："这个项目现在还没有启动吧？"

水根说："还没有启动，还在设想阶段。"

丁大也说："那我同意你带走。"他是竭力想让水根自己开办私人工厂的，这样就是换一种形式把水根从村办厂挤走，然后那些村办厂就是丁家的天下了。

丁大也要回到村部去了。水根说："关于私人办厂这事，我一个人也做不了主，我还得与阿红商量一下。对了，如果我想自己办厂，这个厂房怎么解决？"

丁大也沉思一下说："先在你这个金属制品厂里做起来，然后你可以自己建造厂房。"

水根说："建造厂房那可是一笔很大的资金投入。"

丁大也说："你已有办厂集资的经验，如果允许你自己办厂，你也可以集资的。"

水根说："以前集资是村里集资，现在我是个人集资，这个政策允许吗？"

丁大也说："到你自己开办工厂，这些事情都不是什么问题。"

水根说："这个压铸机几十万元一台，也需要很多的钱，所以要办起这个铸件厂也不是一件容易的事。"

丁大也说："千年等一回，这样的机会很难得。"

最后，丁大也说："那王大男明天来上班，我就通知他了。"

水根想了想说："那你就通知他吧。"

丁大也的嘴角显露出一丝得意的微笑，他哼着小调回到了村部。他想找石小兰聊天，走到石小兰的办公室，他才想起今天下午她去乡里开妇女工作会议了。

他抬手摸了一下头发，心想，该理发了，何况自己今晚要与石小兰约会呢。

于是，他拎起那只公文包准备去街上理发。

正在这时，王大男来了，手里提了两瓶酒。

丁大也说："大白天的，你拎酒到村部做啥呀？"

王大男说："多亏舅舅你出面，我才没有出事，所以拎两瓶酒给你喝，以表我的真心实意。"

丁大也说："以后不可以把送礼的东西送到村部来，群众的眼睛是雪亮的，好在你是我的亲外甥，其他群众即使看见了，也不会说我以权谋私，以后可得注意了！"

丁大也又说："你明天到水根厂里上班吧，我已与他讲好了！"

王大男说："谢谢舅舅对我的关心，这次我会好好工作，不会让你失望了。"

丁大也说："现在舅舅在村支书这个位置上，水根还会看我的面子。如果我从这个位置上下来了，也没有人会看我的面子了，所以你要明白我说的这一点，关键是你自己要做好，靠舅舅一直帮你出面，不好！"

王大男说："我晓得了。"

丁大也说："现在你去金属制品厂上班，暂时没车子开。你先不要急，先在车间干活，要听水根厂长的安排，千万不要闹出什么事情来。这是你最后一根救命稻草，如果你不珍惜这次机会，那么舅舅也无能为力了。"

王大男拍着胸脯说："请舅舅放心，我王大男再不好好做人，出门就被车子撞死！"

当天夜晚，丁大也与石小兰又约会了。

也就是这天夜晚，水根很晚才回到家里。

阿红问："你到哪里去啦，怎么现在才回来？"

水根说："我去找朱厂长了，与他商量办私人企业的事。"

"私人企业与你有什么关系？"

"今天丁书记找我的，他说现在上级在鼓励私人办厂，所以他动员我办私人厂，我觉得这是一个好事情。"

"丁书记的话你能相信吗？"

"他说的别的话我不相信，但他今天对我说私人办厂的一番话可信度还是蛮高的。"

"那他怎么说的呢？"

水根把丁大也对他说的话原封不动地对阿红说了一遍。阿红问："但我不明白，丁书记为什么那么热衷于让你私人办厂呢？他怎么不叫汪良财私人办厂，怎么不叫他两个儿子私人办厂？所以，我觉得这件事情还得慎重对待。"

水根说："当然，我不会盲目的。只是本来我想上铝铸件的项目，现在我想先缓一下，如果我真的自己办厂，那我就办这个铝铸件厂，一个是不与金属制品厂做同类的活，二个是铝铸件应该比五金加工赚钱多一些的。所以，我去找朱厂长商量私人办厂这件事，他说他现在对私人办厂还不了解，但他说这应该是一个机会。"

阿红说："听说桃英与朱厂长好上了。"

水根说："你听谁说的？"

阿红说："村里好多人都在传说。"

水根说："苍蝇不叮无缝的蛋，所以不管男人还是女人都要管好自己。"

阿红说："你不要有钱了也在外面找情人。"

水根说："不瞒你说，桃英要我买她的五金配件，她对我说要报答我的，我都没有接她的话，她是一个物质女人。"

"什么是物质女人呀？"

"物质女人就是拜金女，她把金钱看得太重了。"

"我看是因果报应，这个丁书记也是一个花心萝卜，现在出了这样一个花心儿媳，这就是因果报应啊！不知道丁大也知道此事不？"

"我看他不一定知道，他还对我说桃英送一件羊毛衫给朱厂长的，如果他知道桃英与朱厂长有关系，他断然是不会这么说的。"

水根心里一直想着此事，夜里睡不着觉。

阿红说："你不要怕，你有办厂经验。上面政策允许办私人企业的话，那我支持你。"

水根说："可我不舍得把金属制品厂交到人家手里。"

"这是村里的厂，还给村里就好了。"

"但不好好管理，这个厂会败掉的。"

"那也不关你的事。"

"如果这个厂转给我私人，这倒是我乐意的。"

"可人家不乐意，丁大也不可能把这棵摇钱树送给你的。"

"明天我想去乡里找王乡长，听听他的意见。"

"他不会是和丁书记穿一条裤子的吧？"

"不会的，王乡长很正直的。"

"现在正直的干部不多了，你说话还得防着他们一点。"

第二天上午7点，水根来到金属制品厂安排好当日的生产，便去乡里了。水根想问王乡长县里到底有没有允许私人办厂的政策，并且想听听他的意见，毕竟他是乡长，见多识广。

水根见到了王乡长。

水根说："王乡长，今天我来咨询一下，丁书记让我办私人工厂，最近上头有这样的政策吗？"

王乡长说："丁书记真是一个积极的人，县里刚发出这个文件，还没到我们乡里，已经被他知道了。但我知道这个文件的大概情况，上级允许农村能人自己办厂，可以兴办村办厂，也可以办私人厂。"

水根说："丁书记让我辞掉村办厂厂长，再去办私人厂，这样政策允许吗？"

"允许的，湖东村已经有两位能人申请办私人厂了。"

"那我办私人厂也要申请吗？"

"当然要申请啊，因为牵涉到厂房、土地很多方面，办厂是一个综合的工程，应该考虑全面一些。"

"那我现在就申请。"

"你找村里申请，村里到我们乡政府备案就可以了。"

"我现在倒是明白了。"

"你现在明白什么了？"

"只要县里有红头文件，乡里、村里便会一路绿灯，没有人会阻挡的。"

"你想办私人厂，那生产什么产品呢？"

"想办铸件厂，生产铝铸件。"

"隔行如隔山，我不懂这个铝铸件，但我明白一个道理，做任何产品都马虎不得。"

"我本是农技员，对办厂也是在不断地探索和学习之中。"

经过这趟乡里之行，水根对开办私人工厂信心大增。他对阿红说：

"这个金属制品厂样样事情丁书记都要插手，对此我也拿他没办法。如果我自己办私人工厂，这个工厂由我说了算，那倒是我求之不得的！"

　　第三天汪良财就从山东出差回来了，本来他出差五天的。那天夜里，丁大也仍然偷偷摸摸去了石小兰家里。大约半夜 11 时许，石小兰突然听到敲门声，她有点害怕，不知道是谁在敲门。

　　石小兰说："会不会是良财出差回来啦？"

　　丁大也听到她说良财出差回来，吓得全身汗毛都竖了起来。

　　石小兰说："快穿衣服，我开后门，你快走。"

　　丁大也说："你不是讲他要出差五天回来吗？"

　　石小兰说："脚生在他身上，我哪晓得他会提前回来呢？不要多讲了，你快点从后门走吧。"

　　敲门声越来越响了。

　　看到丁大也出后门走远了，石小兰才走到前门，小声问道："你是谁呀，半夜三更不让人睡觉吗？"

　　"我是良财，你开门。"

　　"你是良财？声音好像有点不像。"

　　"我真的是良财，你快开门啊！"

　　"那我问你，我的生日是几月几号？"

　　"我从山东一路回来很累，还要问我你生日，你再不开门，我要拿脚踢门了。"

　　这下，石小兰才假装确认门外的人就是汪良财。于是，她打开了门。

　　"怎么我叫了半天，你不开门？"

　　"我已睡着了，谁知道你回来呢？"

"那我的声音你还听不出吗？"

"半夜三更的，听到这个敲门声，我魂都吓掉了。再说，我不能盲目开门，倘若不是你，是别的男人，你说叫我怎么办？想不到我开门了，你还这样责问我，你良心真的是坏透了。"

"我没有责怪你，只是我路上太累了，想早点休息。"

"那我给你烧热水，你洗洗睡觉吧。"

"那你睡觉，我自己来烧水吧。"

"如果我知道你今晚回来，我就会准备好热水的，真的不晓得你会回来。"石小兰说。其实她心里窃喜，还好自己机灵，让丁大也快速从后门逃之夭夭了，不然就被"捉奸成双"，那自己在后山村就身败名裂了。

石小兰烧了一锅水。

她对汪良财说："热水好了，你可以用了。"

汪良财说："那你睡觉吧，洗好后我还要记一下笔记。"

石小兰说："你就明天记笔记吧，今天我有很多话想对你说，你想不想听啊？"

"你是想让我抱你吧。"汪良财说。

"你这么累，还有力气抱我吗？"石小兰说。

在汪良财洗脚的时候，石小兰先到了床上。这时，她突然看见了一条粗纱布短裤，她在心里喊道：天，幸好我先到床上，如果他先到床上，那我就惨了。

原来，丁大也逃跑时，紧张得连短裤也没穿上。

她慌忙将那条短裤丢在床铺底下。然后，她拍拍自己的胸脯，说："还好，今天运气还好，没被他抓现行。"

在她的催促下，汪良财没有记笔记，而是直接上床了。

"良财，我有一个好消息告诉你，你想现在就知道吗？"石小兰依偎在他的怀里。

"你说有好消息告诉我？你说吧，我在听。"

"丁书记说，让林水根自己办私人厂。"

"这个我知道。"

"丁书记说，让你做金属制品厂厂长，制钉厂厂长让丁大伟做，你看丁书记还是很看得起你的，没有让大伟直接做金属制品厂厂长。"

"丁书记这样考虑是对的。丁大伟能力不够，因为做厂长是一个系统工程，生产、质量、采购和财务什么都要懂一点，我也是这几年逼出来的。让大伟做这个制钉厂厂长，我看也是勉为其难。"

"那丁书记看得起你，你也要帮助大伟，你说对吗？"

"我会帮助他的，但还需他自己努力，求人不如求己。"

"如果你做了金属制品厂厂长，你身上的压力更大了。"

"这个我倒是不怕，毕竟我做了这么几年制钉厂厂长，也有一些管理工厂的经验了。问题还是那些客户能不能保住，如果被林水根带走的话，那就比较麻烦了。"

"对的，你的话提醒到我了，我来对丁书记讲一声，这个一定得与林水根讲好，最好是签订好协议，口说无凭纸来签。"

汪良财说："我也要去与丁书记碰头，让我做金属制品厂厂长，报酬问题也要与他谈好的。"

石小兰说："对的，人为财死，鸟为食亡，一切还是向钱看。"

这天，邻村毛书记来到金属制品厂，他想请水根到他们村去办厂。

毛书记说："现在上级允许私人开厂，所以我是慕名前来，请你去我们村投资办厂。"

水根是土生土长的后山村人，从没想过到外面去办厂。

他说："我是后山村人，到你们村去办厂不太好吧？"

毛书记说："你是能人，如果你到我们村里办厂，有许多优惠政策享受的。"

水根也想了解一些优惠政策，他问道："有哪些优惠政策呢？"

"我们村里有刚建好的四千平方米厂房，如果你来办厂可以先用起来，当然如果不适合，你可以拿地自己建造厂房，这个土地三年不收你租金，那个厂房也是三年不收租金。"

"我听说上面的政策是一般土地一年不收租金。"

"你说得很对，但我们村为了吸引更多的能人来投资办厂，所以我们将免一年租金延长至三年，让来我们村投资的各位能人真正得到优惠。"毛书记又说，"现在我们村账上还有两百多万元，如果你来投资办厂，这笔钱可以无息借贷给你，当然这个无息借贷不是三年，而只是一年，这样你的铸件厂可以选择在我们村里吗？"

老实说，这么优惠的条件就像一块很香的牛排，让水根不禁垂涎欲滴。

水根说："现在我的铸件这个项目还不够成熟，还在咨询阶段，所以现在我也不能答应你。"

"那好，等你这个项目有眉目了，我们再谈合作也可以的。"

"谢谢毛书记，你给我送来了及时雨！"

水根从毛书记那里知道了私人办厂可以享受哪些优惠，这无疑是给他上了一堂很好的课，让他对私人办厂信心倍增。

毛书记到后山村"挖宝"的事还是让丁大也知道了，他到王乡长那里告状。他说："毛书记这个人太过分，我们林水根现在仍是村办厂的厂长，他却来挖墙脚，如果他下次再到我们后山村来，我一定叫人把他的小车玻璃砸了。"

王乡长说："他到你村里去'挖宝'是可以的，你也可以去他村里'挖宝'，这个就叫八仙过海，各显神通。至于你想把人家的车子砸了，你跑得了和尚跑不了庙，你是损坏公共财物，后果自负。"

丁大也说："他们村是富裕村，这不是明目张胆欺负穷村吗？"

王乡长说："穷则思变，你们村奋发图强，说不定几年就能赶上他们，或者超过他们。"

丁大也说："我赤膊也追不上他们了，唉，只好白白地受他们的气。"

已经连续下了几天雨。丁大也已经向水根提出他可以自己开办私人企业，但几天过去了，还没有收到水根的正式答复。

这天早上他就打电话给水根："今天在厂吗？"

水根说："下雨天，不出门。"

丁大也便撑了一把黑雨伞走到了金属制品厂。

丁大也希望水根能够自己办私人厂，因为他觉得水根是办厂的一块料子；而且水根办私人厂了，也就可以把金属制品厂厂长的宝座腾出来了——主要他想提拔大儿子丁大伟做制钉厂厂长。

丁大也在车间里找到了水根。

丁大也说："你怎么自己动手呢？"

水根说："今天车间主任上班时骑自行车摔跤了，在医院治疗，所以我在车间安排生产。"

丁大也说："怎么摔跤的？"

水根说:"下雨天,她穿了一件雨披骑自行车,没看清路上有一块石头摔跤的。"

丁大也说:"这种突发事件最能看出做厂长的有没有管理的才能,如果你不懂管理和生产,这个车间主任不来上班,整个车间便是乱套了。"

因为车间里声音很响,所以水根对丁大也说:"我们到办公室喝茶吧。"

到了办公室,还没有坐定,丁大也就对水根说:"关于你办私人企业,这几天你考虑清楚了没有? 这事乡里在统计,所以越早越好。"

水根说:"你要听真话还是假话?"

丁大也说:"什么是真话? 什么是假话?"

水根说:"真话是我不想离开金属制品厂,毕竟这个厂是在我手里从无到有、从小到大发展起来的,我对它还是很有感情的。假话是……"他欲言又止。

丁大也说:"你直说吧。"

水根说:"说我不想开私人厂,那也是一句假话。我已经摸清上级的意思是鼓励开办私人企业的,所以我也想开私人厂了,但思想上感觉现在开私人厂压力很大,从资金、人员、设备到具体业务,现在都是一片空白,要把一个新厂办起来,真是极其不容易。"

丁大也说:"万事开头难,但我分析了一下,我觉得后山村能人办私人厂,非你莫属。第一,你是现任村办厂厂长,对生产和销售有一套技术,有业务渠道;第二,具备天时地利人和等条件,这也是你得天独厚的优势。"

水根说:"别光顾着说这些好的话,其实叫我办私人厂困难很多,厂房没有,资金没有,市场没有,一切要从零开始。如果我与你换一个位置,你敢不敢跳出来自己开厂呢? "

丁大也苦笑一下说："隔行如隔山，如果叫我开私人厂，我只好扯一面白旗，直接投降。"

后山村的乡村办厂并不落后，水根后来果真办起了后山铸件厂。经过二十多年的拼搏和积累，铸件厂现在已经是一家上市公司了，水根也成了大老板。至于丁大也，已经不在人世了，他的大儿子离婚了，小儿子做点小本生意。总之，丁大也设想的家族的未来蓝图，以他的两个儿子来讲，应该是交出了一张白卷。